Diogenes Taschenbuch 23242

Erich Hackl

Entwurf einer Liebe auf den ersten Blick

Diogenes

Die Erstausgabe
erschien 1999 im Diogenes Verlag
Umschlagillustration:
Pablo Picasso, ›Frau mit Fächer‹, 1905
National Gallery of Art, Washington, D.C.
Schenkung der W. Averell Harriman Foundation
in memory of Marie N. Harriman

Veröffentlicht als Diogenes Taschenbuch, 2001

www.diogenes.ch
6/10/58/2
ISBN 978 3 257 23242 4

Meinem Herzen ist es gleich
ob die Glocken schießen
oder die Kanonen läuten

Danilo Kiš,
›Hochzeitsgäste‹

I

Im Jänner siebenunddreißig wurde der Österreicher Karl Sequens mit einem Oberschenkeldurchschuß in ein Krankenhaus der Stadt Valencia eingeliefert. Es läßt sich kaum noch feststellen, wo, an welchem Tag und unter welchen Umständen Karl verletzt worden war. Tatsache ist, daß er mit einem Verwundetentransport internationaler Freiwilliger eintraf, und Tatsache ist auch, daß Herminia Roudière Perpiñá gemeinsam mit ihrer Schwester Emilia dem Aufruf des örtlichen Frauenkomitees nachkam, die Kämpfer für Spaniens Freiheit zu besuchen und ihnen den Spitalaufenthalt möglichst kurzweilig zu gestalten. Sie brachten Obst und Tabak mit und erboten sich, bei Bedarf die Leibwäsche zu waschen, Briefe an Freunde und Angehörige zur Post zu tragen und ausländische Zeitungen zu beschaffen.

Als Herminia den Saal betrat, in dem die minder Verletzten untergebracht waren, erregte die Lage des besonders groß gewachsenen Patienten – Karl maß einssechsundachtzig oder gar einseinundneunzig – ihre Heiterkeit: Da die Krankenbetten (wie die meisten Betten in Spanien) recht kurz waren, hatte der junge Mann seine Beine zwischen den Gitterstäben am Fußende hindurchgeschoben und die Füße auf einen dahinterstehenden Stuhl gestützt. Vielleicht hatte Herminia noch ein Lachen im Gesicht, als sie einander zum ersten Mal in die Augen schauten.

Es war, sagt ihre Tochter, Liebe auf den ersten Blick.

2

Karls ungewöhnlicher Nachname läßt sich bis ins vierzehnte Jahrhundert zurückverfolgen. Der Luxemburger Kaiser Karl IV. hatte um 1360 deutsche Handwerker dazu aufgerufen, Böhmen zu besiedeln. Die Einwanderer, die diesem Wunsch entsprachen, trugen ihren Gehorsam fortan im lateinischen Namen Sequens (von *sequi* »folgen, nachfolgen«) zur Schau. Karls Vorfahren ließen sich in Chotěboř nieder, wo sie über Generationen das Tuchmachergewerbe ausübten und zu einigem Wohlstand kamen. Aber Mitte des vergangenen

Jahrhunderts verarmte die Familie infolge der übermächtigen Konkurrenz britischer und niederländischer Manufakturen. Karls Großvater mußte sich bereits als Spengler in einer Brünner Fabrik verdingen. Auch sein Sohn, Karls Vater, ergriff diesen Beruf. Er leistete den dreijährigen Militärdienst als Artillerist in Bosnien ab, übersiedelte nach Wien und trat in den handwerklichen Dienst der k. u. k. Staatsbahnen, wo er es zum Adjunkt brachte. 1904 ehelichte er Rosa Maria Kolibal, Tochter eines Berufskollegen im mährischen Tischnowitz. Im Jahr darauf kam Karl zur Welt, 1906 Rosemarie. Die beiden Geschwister wuchsen in Wien-Floridsdorf auf, in einem Wohnhaus für Eisenbahnerfamilien in der Angererstraße 18, Zimmer Kabinett, Wasser und Klo auf dem Gang.

3

Herminias Vater stammte aus Le Mas d'Azil, einer Ortschaft im Département Ariège, rund sechzig Kilometer südlich von Toulouse. Als junger Mann versuchte er sein Glück in Valencia, wo er eine Fabrik gründete, in der Horn zu Kämmen, Knöpfen und Gürtelschnallen verarbeitet wurde. Victor Roudière war tüchtig, das Geschäft florierte, bald eröffnete er eine Zweigstelle in Barcelona, pendelte zwischen der katalanischen Metropole und Valencia hin und her. Erst als seine materielle Existenz gesichert schien, hielt er um die Hand einer gewissen Francisca Perpiñá an, aber deren Vater, Gutsbesitzer in Massanassa, wünschte sich einen rechtgläubigen Katholiken zum Schwiegersohn, und Roudière war Protestant. Also büffelte er den Katechismus, ließ sich taufen und heiratete Francisca mit dem Segen des Pfarrers. 1906 wurde Herminia geboren, 1908 Luis, der schon als Kleinkind seinen Taufnamen verwarf und immer nur Emilio genannt werden wollte. Im Februar 1911, nach der Geburt der zweiten Tochter Emilia, starb Francisca an Kindbettfieber. Überzeugt, daß seine Kinder weiblicher Zuwendung bedurften, wollte Roudière eine neue Ehe eingehen. Aber alle unverheirateten Frauen der Stadt, die seinem Stand angemessen waren und die ihm auch gefielen, schreckten vor der Aufgabe zurück, drei kleinen Kindern die Mutter zu ersetzen. Nach langer vergeblicher Suche heiratete er schließlich María Báguena, eine junge Frau aus ärmlichen Verhältnissen. Herminias Stiefmutter konnte kaum lesen und schreiben, und es dauerte nicht lange, bis die unterschiedlichen Erfahrungen und der kulturelle Abgrund zwischen den Eheleuten zu Zwistigkeiten führten, an denen weniger die mangelnde Bildung der Frau als die Ungeduld ihres Gatten schuld war. Nach wenigen Jahren trennten sie sich, aber dann wurde ihr gemeinsamer Sohn Víctor, Herminias Stiefbruder, von einer schweren Krankheit befallen. Die Sorge um ihn, gepaart mit schlechtem Gewissen, bewog sie, ihre Ehe wiederaufzunehmen.

Victor Roudière entsprach nicht dem Bild des skrupellosen, auf den eigenen Vorteil bedachten Unternehmers. Trotz der Arroganz, mit der er seiner zweiten Frau begegnete, war er sozial empfindsam und von der Notwendigkeit politischer Reformen überzeugt. Seine Kinder schickte er in eine konfessionslose Schule der *Institución Libre de Enseñanza*, wo sie zum Glauben an die menschliche Vernunft erzogen wurden, und nahm sie, ungeachtet ihres Geschlechts, als Gesprächspartner ernst. Ihm verdankte Herminia nicht nur ihre perfekten Französischkenntnisse, sondern auch den Drang, sich Wissen anzueignen, zu helfen, wo Hilfe not tat, auf eigenen Füßen zu stehen und die Welt draußen als Teil der eigenen Welt zu begreifen. Mit siebzehn begann sie Medizin zu studieren, aber 1924 starb der Vater, und schon vorher war ihm durch Betrug die Leitung des Unternehmens entzogen worden, und so sahen sich die Kinder nach wenigen Jahren gezwungen, ihr Studium abzubrechen, um Geld für den eigenen Unterhalt zu verdienen. Die beiden Söhne kamen als Chauffeure unter, Emilia erlernte das Schneiderhandwerk, Herminia arbeitete als Verkäuferin in einem Schallplattenladen, dann in einem Schuhgeschäft. Als sie Karl Sequens kennenlernte, war sie Buchhalterin in einer Möbelfabrik. Sie war dreißig Jahre alt und noch ledig. An Verehrern hatte es nicht gefehlt; mehrere Ärzte waren um sie bemüht gewesen, auch ein Stierkämpfer, aber keinem hatte sie sich so nahe gefühlt wie jetzt diesem Fremden.

Es war, sagt ihre Tochter, der tiefe Ernst, der Herminia sofort nach den ersten, auf französisch gewechselten Worten für ihn eingenommen hat. Die einzigen Menschen, die sich heute noch an Karl Sequens erinnern, bestätigen diesen Wesenszug. So spricht Hans Landauer, der mit sechzehn Jahren in den Spanischen Bürgerkrieg gezogen war, von Karl als von einem »unheimlich netten, ruhigen, überlegten« Kameraden. Ein zweiter ehemaliger Freiwilliger, Alois Peter, nennt ihn »aufrecht, tüchtig, intelligent«, und dem dritten, Bruno Furch, ist er als »ernst, nachdenklich und auch gescheit« im Gedächtnis geblieben. Sequens habe nie herumgeblödelt, sagt Furch, sich nie danebenbenommen, sagt Landauer.

4

Schwer zu sagen, wie und wann einer Tugenden erwirbt, die ihm nicht in die Wiege gelegt sind. Karls Vater, der 1919, nach dem Zerfall der Donaumonarchie, für Österreich optiert hatte und als Betriebsspengler bei der Österreichischen Bundesbahn arbeitete, war sozialdemokratisch gesinnt, das färbt ab, bestimmt aber nicht unbedingt den Charakter. Meine Vorstellung muß sich an kollektiven Erfahrungen entzünden, den Hungerjahren während des Ersten Weltkrieges und nach Ausrufung der Republik, an den kulturellen und sozialen Errungenschaften des Roten Wien, an der Zukunftsgewißheit junger Arbeiter. Vielleicht war für Karl der 15. Juli 1927, als der Wiener Polizeipräsident Hunderte Demonstranten niederschießen ließ, der Tag, an dem seine Reise nach Spanien begann: Bruch des Vertrauens in Recht und Gesetz. Einsicht in die Vergeblichkeit reinen Hoffens. Wunsch, in den Lauf der Ereignisse einzugreifen.

Drei Monate zuvor, am 4. April, hatte Karl seinen Präsenzdienst beim 3. Wiener Infanterieregiment angetreten; sechs Jahre lang würde er nun beim Bundesheer dienen – notgedrungen, weil er in seinen erlernten Berufen als Spengler und Heizungsmonteur kein Fortkommen mehr sah; überzeugt, weil er dachte, gerade ein Heer bedarf sozialistisch gesinnter Elemente; oder aus freien Stücken, weil er gern Sport betrieb und hoffte, seinen Vorlieben da frönen zu können? Die Dienstbeschreibungen aus den Jahren dreißig und einunddreißig zeigen, daß Karl, mittlerweile Schütze im 1. Niederösterreichischen Infanterieregiment, seinen Vorgesetzten geringes Vertrauen entgegenbrachte. Er sei verschlossen, hieß es, lasse das nötige Maß an Interesse und Eifer für den Dienst vermissen. »Intelligent u. sehr gute Auffassung, könnte bedeutend mehr leisten.« Außerdem erfahre ich: Karl war Leichtathlet, er war ein ausdauernder Schwimmer, er war ein ausgezeichneter Kartograph, er war im Gebrauch des leichten Maschinengewehrs gut ausgebildet.

Seiner Schwester Rosemarie zufolge soll Karl nach dem Ausscheiden aus dem Aktivdienst in Korneuburg, in einer Waggonfabrik, gearbeitet haben. Er sei dem Republikanischen Schutzbund beigetreten und habe beim Februaraufstand 1934 in Floridsdorf gekämpft. Nach der Niederlage sei er in die Tschechoslowakei geflüchtet, wo ihn sein Onkel Roman Sequens, der es in Brünn bis zum Postdirektor gebracht hatte, aufgenommen habe, dann weiter nach Riga. Nach Wien sei er erst im Frühjahr sechsunddreißig zurückgekehrt. Aber einem Bericht der Österreichischen Gesandtschaft in Warschau ist zu entnehmen, daß Karl Sequens zusammen mit zwölf österreichischen Schutzbündlern im Mai 1934 aus Lettland ausgewiesen wurde. »Sequens war ca. zwei Jahre in Riga, angeblich als sozialdemokratischer Verbindungsmann.« Diese Behauptung wird durch Angaben des Zentralen Meldeamtes in Wien erhärtet; demnach hat sich Karl Sequens am 6. 6. 32 nach Riga abgemeldet und scheint ab 4. 6. 34 wieder in Wien 6., Brauergasse 6/5, als gemeldet auf. Ab 30. 11. 36 wird er nicht mehr als in Wien wohnhaft geführt. In der Spalte »Abgemeldet nach« heißt es lakonisch: »abgereist«. Sein Name findet sich auf einer am 25. November erstellten Liste jener illegalen Zelle in Paris, die die Weiterfahrt von Freiwilligen nach Spanien organisiert hat. Und nach einem ärztlichen Untersuchungsbefund der Internationalen Brigaden ist Karl am 26. November 1936 in Spanien eingetroffen.

Während er die Grenze überschritt, tobte der

Kampf um Madrid. Am 6. November war der Regierungssitz der Republik in aller Eile nach Valencia verlegt worden. Erst in der Casa de Campo und auf dem Universitätsgelände wurden die Francotruppen zurückgeschlagen. Möglich, daß Karl nach wenigen Tagen in Albacete, dem Hauptquartier und Ausbildungszentrum der Internationalen Brigaden, an die Front vor Madrid geschickt wurde. Für diese Vermutung spricht das Gerücht, er sei im Campo del Moro – einem Park zwischen dem alten Königspalast und dem Westufer des Manzanares – verwundet worden. Denkbar aber auch, daß er Mitte Dezember mit der 13. Brigade nach Aragón zog, zum Angriff auf die Stadt Teruel, in der sich die Faschisten verschanzt hatten. Da oder dort sollte ihn, kurz nach seiner Ankunft, die Kugel treffen, der er seine große Liebe schuldet.

5

Einmal hatte Herminia dem Drängen einer Zigeunerin nachgegeben, die ihr unbedingt die Karten aufschlagen wollte. Der Señora stehe die große

Liebe eines guten Herrn zu, hatte die Frau gemeint, und auf Herminias gutmütiges Nachfragen, ob die Liebe blond, schwarz oder buntscheckig daherkommen werde, hatte sie geantwortet, das lasse sich nicht erkennen, eins aber sei gewiß: der gute Herr trage Uniform. Oje, hatte Herminia geseufzt, ich werd einen Briefträger heiraten.

Daran erinnerte sie sich jetzt, in ihrer jäh entflammten Liebe zu Karl, dem sie russische Zeitungen ans Bett brachte (und auch sie liebte das Neue Rußland, das Spanien nicht im Stich ließ), mit dem sie sich über Kunst und Literatur unterhielt (zum Beispiel über Rilkes Gedichte, die er bei der Abreise seiner Schwester geschenkt hatte, und nun hätte er sie vielleicht gern zur Hand gehabt, oder über die Bücher des Valencianers Blasco Ibáñez, die er vermutlich auf deutsch gelesen hatte, und sie wollte ihn nach seiner Genesung in die Albufera führen, zum Schauplatz eines Romans), dem sie kaum bis zur Schulter reichte (und deshalb trug sie Schuhe mit hohen Absätzen), dem nicht der Sinn nach Vergnügungen stand, der in jeder freien Minute in seinem Spanischwörterbuch blätterte oder las oder schrieb (und er vertraute ihr seinen heimlichen Berufswunsch an, als Journalist zu arbeiten), der sie respektvoll behandelte, der sich nie Freiheiten herausnahm, vor dem sie sich nie verstellen mußte, der sie liebte und nicht das Bild, das er sich von ihr machte.

Ungefähr so, stelle ich mir vor.

Und erfahre auch, daß sich Herminia in die Lebenszeit ihres Vaters versetzt fühlte, an Gespräche und Dispute mit ihm über das, was Menschen geschaffen und was zu schaffen sie unterlassen haben. Es war, sagt ihre Tochter, wie wenn da nie was gefehlt hätte.

6

Sie heirateten am 7. Februar 1937. Vom ersten Blick, auf Karls eigentümliche Bettstatt, dann in seine Augen, bis zum Tausch der Eheringe verstrichen höchstens drei Wochen. Die Ankündigung, das Aufgebot, das Beibringen der benötigten Urkunden, in beglaubigten Übersetzungen – in Friedenszeiten und ohne Hilfe wäre das kaum zu schaffen gewesen. Aber Antonio Ferrer, ein angeheirateter Neffe von Herminias Stiefmutter, kannte den Standesbeamten von klein auf, oder er war der Cousin eines Staatsanwalts, oder er hatte der Mutter des Abteilungsleiters im Rathaus einst einen Gefallen getan, und die Ungewißheit, was morgen sein wird, und die Dankbarkeit gegenüber einem Fremden, der von weit her gekommen war, um sein Leben für die spanische Republik und das spanische Volk zu riskieren, beschleunigten bürokratische Abläufe.

Sí, quiero. – Sí, quiero.

Es reichte nur zu einem einzigen Hochzeitsfoto, auf dem Karl, in weiter Uniformhose, mit Windjacke und tief in die Stirn gerückter Kappe, Herminia an der Hand hält. Sie lächeln, schüchtern beinahe, belustigt oder verschmitzt. Es lächeln auch die Freunde, Verwandten, Passanten, die sich, wie in Spanien üblich, der Hochzeitsgesellschaft angeschlossen haben. Nichts deutet auf den Anlaß, es könnte sich ebensogut um ein Familientreffen handeln oder um eine Betriebsfeier. Die Umstände der Festlichkeit teilen sich nur denen mit, die ein scharfes Auge haben und ein gutes Gehör. Mit dem scharfen Auge würden sie den Stern der Volksarmee erkennen, den der Soldat links von Herminia statt eines Rangabzeichens über der Brusttasche trägt. Ihr gutes Gehör könnte ihnen helfen, ein paar von den vierzehn Geschichten zu vernehmen, die das Foto erzählen will, über jeden eine.

Das kleine Mädchen zum Beispiel, auf dessen Schultern die Hände des Soldaten ruhen, ist

Kriegswaise. Irgendwann ist sie von einem Flüchtlingskarren gehüpft oder unter Trümmern hervorgekrochen. Vermutlich lebt sie noch, eine Frau um die Siebzig, Großmutter, verwitwet. Auch Antonio Ferrer lebt noch, der zarte Mann mit Schnurrbart, in der zweiten Reihe ganz links. Er soll aber schwer krank sein, nicht mehr ansprechbar, höre ich. Antonio, ohne den die Hochzeit, wie gesagt, nicht so schnell zustande gekommen wäre. Das Foto wiederum gäbe es nicht ohne Emilia (rechts neben Karl), die tagelang die ganze Stadt abgeklappert hat, bis sie endlich ein Blatt Fotopapier auftreiben konnte, in irgendeinem Amt oder in einem kriegswichtigen Betrieb, Freunde von Freunden werden es ihr zugesteckt haben. Es ließe sich auch behaupten, daß Emilia auf dem Foto nicht zu sehen wäre, wenn es die Frau neben ihr nicht gegeben hätte. Ich weiß nicht, wie sie heißt. Ich weiß nur, daß ihre Mutter sechsundzwanzig Jahre zuvor Emilia gestillt hat, weil deren Mutter ja nach der Entbindung gestorben ist. Sonst weiß ich wenig zu sagen, gerade noch, daß neben Antonio seine Frau Maruja steht und daß die Frau mit Brille und der junge Mann im hellen Anzug Journalisten sind, Freunde der Familie Roudière Perpiñá, aber es könnte auch sein, berufliches Interesse hat sie zur Trauung gelockt, der Anlaß würde ihre Gegenwart rechtfertigen. Obwohl alle mit beiden Beinen fest auf dem Boden stehen (links hinter ihnen der Justizpalast von Valencia, rechts Baumwipfel), hat das Bild etwas Provisorisches, ganz so, als hätten sie sich gerade nur für diesen einen Augenblick zusammengefunden.

Bevor ich das Foto aus der Hand lege, will ich noch einmal das Brautpaar betrachten. Karl, Herminia. Sie wußten, sagt ihre Tochter, daß ihnen wenig Zeit blieb.

7

Es fällt schwer, Karls Spuren durch sein erstes Kriegsjahr zu folgen. Aber da ist Hans Landauer, der einem mit seinem fabelhaften Gedächtnis und mit der Fülle seines Archivs weiterhilft. Da sind Listen, auf denen sich der Name Karl Sequens findet. Da sind zwei Aufzeichnungen österreichischer Freiwilliger, in denen er erwähnt wird. Da sind auch vier oder fünf Artikel, die er selbst verfaßt hat. Also erfahre oder vermute ich: Daß Karl nach seiner Genesung die Offiziersschule in Pozorrubio besucht. Daß er anschließend, als Leutnant, dem Ausbildungsbataillon in Madrigueras zugeteilt wird. Daß er im Mai siebenunddreißig vor Guadalajara liegt, wo er österreichischen Kameraden, die als Partisanen im Hinterland der Faschisten eingesetzt werden, seine als Topograph erworbenen Kenntnisse vermittelt. (»Zum Beispiel lehrte er uns«, schrieb Karl Soldan, »bei Nacht mit Karte und Kompaß oder mit Hilfe der Sternbilder zu gehen.«) Daß er, als Verbindungsoffizier des 12. Februar-Bataillons, im Juli die Schlacht von Brunete mitmacht. Daß er im August zum zweiten Mal verwundet wird, von einem Scharfschützen oder durch einen Granatsplitter, bei Quinto, Belchite oder Mediana. Daß er im September seine Verwundung in Benicàssim auskuriert. Daß *Pasaremos*, das Organ der 11. Brigade, am 25. Dezember 1937 seinen Artikel »Streifen verpflichten« veröffentlicht, in dem Karl an die Gewissenhaftigkeit aller Freiwilligen appelliert: »Unser Freiheitskampf ist hart. Darum ist es unbedingt notwendig, daß jeder seine besten Kräfte für das Volk gibt. Jeder Kämpfer hat die Möglichkeiten zu entwickeln, verantwortliche und führende Funktionen zu bekleiden, Auszeichnungen zu erringen. Aber das Volk verlangt von ihm, daß er sich stets seiner Verantwortung bewußt ist und daß er sein ganzes Können, seine ganze Intelligenz und Kraft für das Volk einsetzt. – Jeder hat auch die Möglichkeit, seine Fehler einzusehen und durch sein Verhalten wiedergutzumachen.«

Es gelingt Karl und Herminia, ihre Verbindung trotz aller Widrigkeiten aufrechtzuerhalten. Sooft es ihm möglich ist, kommt Karl auf einen Sprung nach Valencia. Oder Herminia besucht ihn in der Base von Albacete, oder im Urlauberheim von Valls, oder im Lazarett von Banicàssim. Oder er läßt ihr eine Nachricht zukommen, bin an dem oder jenem Tag da oder dort, und sie schlägt sich in ein entlegenes Dorf durch, wartet stundenlang am Straßenrand, ehe sie ein sowjetischer Offizier in seinem Camión mitnimmt und ihr sogar, da sie keine Kammer für eine Nacht findet, sein Feldbett zur Verfügung stellt, einfach so, ohne Hintergedanken, und am nächsten Tag, nach langer vergeblicher Suche, als sie schon zu verzweifeln anfängt, findet sie ihn, endlich. Da ist, Sommer oder Herbst siebenunddreißig, Herminia schwanger.

8

Im Jänner achtunddreißig, am fünfundzwanzigsten, fiel Karls Gefährte Karl Kaspar. Sie hatten, vor Teruel, eine feindliche Maschinengewehrstellung erobert und waren dort auf einen schwerverletzten Offizier gestoßen, den die Mannschaft auf ihrer Flucht zurückgelassen hatte. Trotz seines Flehens, ihm den Gnadenschuß zu geben, verbanden sie ihn notdürftig, ehe sie sich auf die Suche nach dem Scharfschützen machten, der sie immer wieder ins Visier nahm. Nach einigen Metern plötzlich stürzte Kaspar, von einer Kugel in den Hals getroffen, zu Boden. Karl beugte sich über ihn und vernahm seine letzten Worte: die Bitte, den Schwerverletzten nicht sterben zu lassen. Am nächsten Tag, als der feindliche Beschuß nachgelassen hatte, machte sich Karl mit seinem Freund Albin Mayr daran, Kaspars Willen zu erfüllen. Sie legten den Spanier auf eine Bahre und trugen ihn zwei oder drei Kilometer weit zum Verbandsplatz. Der Mann, schrieb Mayr Jahrzehnte später, konnte sich ihre Fürsorge nicht erklären. Er hatte über die Roten und speziell über die Interbrigadisten immer nur Schauermärchen vernommen. Als sie ihn der Obhut eines Sanitäters übergaben, nannte er ihnen seine Adresse. Besucht meine Familie, sie wird es euch ewig danken.

Ebenfalls im Jänner achtunddreißig, am Sonntag, dem dreiundzwanzigsten, wurde Valencia von deutschen oder italienischen Flugzeugen bombardiert. Aus Angst, lebendig begraben zu werden, hatte Herminia nie einen Luftschutzkeller aufgesucht. Auch diesmal blieb sie zu Hause. Als sie die Tür ins Stiegenhaus öffnete, wurde sie von einer Druckwelle erfaßt, und sie merkte, daß Wasser aus ihr herauslief; die Fruchtblase war geplatzt. Der Chauffeur, der Herminia in aller Eile nach Massanassa brachte, auf das Gut ihrer Verwandten, preschte durch jedes Schlagloch, in der Hoffnung, dadurch die Geburt einzuleiten. Und wirklich brachte Herminia noch am selben Abend ein gesundes Mädchen zur Welt. Gegen den Willen ihrer Stiefmutter, die der Ansicht war, das Erstgeborene habe den Namen eines Elternteils zu tragen, nannte sie ihre Tochter Rosa María, wie Karls Mutter und seine Schwester.

Ich weiß nicht, weshalb sie Rosa María nicht gleich ins Geburtsregister eintragen ließ. Vielleicht, weil sie genäht werden mußte und die ersten Tage im Bett zubrachte. Wahrscheinlich war es damals auch üblich, daß der Kindesvater persönlich aufs Standesamt ging, und sie hatte Karl versprechen müssen, ihm diese Pflicht nicht abzunehmen. Aber inzwischen war jeder Kontakt zwischen ihnen abgerissen. Über Wochen kam kein Lebenszeichen, dann trafen kurz hintereinander mehrere Briefe ein, die er Monate zuvor geschrieben hatte. Tagsüber bemühte sich Herminia, die mitleidigen Blikke und das Getuschel der Nachbarinnen zu übersehen, nachts weinte sie in ihr Kissen. Bis Karl eines Abends vor der Tür stand, übernächtigt, verdreckt, ausgehungert. Ich sehe ihn vor mir, wie er seine kleine Tochter, das Achtmonatssonntagskind, in den Arm nahm, besorgt, ihr ja nicht weh zu tun, wie er ihr über den blonden Haarflaum strich, die winzigen Finger befühlte. Rosa, Roserl, Rosette. Er wünschte sich mit ihr und mit Herminia in seine Geburtsstadt versetzt, im Mai auf ein Ringelspiel im Prater, im Juli in den Tiergarten von Schönbrunn, im September auf eine Lichtung im Wiener Wald, im Jänner zum Eislaufen auf die Alte Donau.

Auf dem Standesamt sagte ihm der Beamte, leider habe er die Frist versäumt, denn jede Geburt sei binnen fünf Tagen anzuzeigen.

Und was mache ich jetzt, fragte Karl.

Eine kleine Gesetzesübertretung, sagte der andere. Wir werden den Geburtstag Ihrer Tochter einfach nach vorne verschieben.

Auf welchen Tag?

Auf heute.

Einverstanden, sagte Karl.

Der Beamte setzte eine feierliche Miene auf, während er die Urkunde aus der Lade zog. Dann zückte er seine Füllfeder. Name des Kindes, schrieb er, Rosa María Sequens Roudière. Tag der Geburt, 4. März 1938.

9

Ich kenne den Fortgang der Geschichte. Und weil ich ihn kenne, male ich mir das Jahr achtunddreißig in schwarzen Farben aus: verlorene Schlachten, abgebrochene Offensiven, aufgegebene Stellungen. Rückzug, Vorstoß, Rückzug. Die Francotruppen besetzen Teruel ein zweites Mal, werfen neue Divisionen nach Aragón, zerschneiden das republikanische Hoheitsgebiet. Am 25. Juli beginnt die Schlacht am Ebro, am 15. November muß das Volksheer der Übermacht weichen. Anfang Dezember fällt Franco über Katalonien her. Schwarzes, todschwarzes Jahr achtunddreißig. Aber die Berichte, die Karl Sequens über die Kämpfe des 12. Februar-Bataillons verfaßt hat, sind ermutigend, auch wenn sie nichts beschönigen. Das liegt nicht nur daran, daß Karl die Anstrengung sichtbar macht, mit der sich die Internationalen gegen den überlegenen Feind zur Wehr setzen; trotz aller Niederlagen scheint er überzeugt zu sein, daß der antifaschistische Widerstand geschichtsmächtig werden kann. Es ist, als müßte er sich immer wieder der Natur versichern, des »strahlenden Frühlingstages« bei Mora la Nova, des »leuchtenden Morgenhimmels« vor Azaila, der »Schatten der Dämmerung« und der »Stille der Nacht« am Ebroufer, die er »wie eine Erlösung... wie eine Befreiung« empfindet. Tiefblauer Himmel über dem Dorf Torroja, kleine Wolkenschiffchen, darunter die Weinberge, der Fluß, das frische Grün der Knospen und jungen Blätter. Die gekalkten Häuser, und das unbändige Vertrauen der Bauern in die Internationalen, deren verlegene Gesten, mit denen sie Frauen und Kindern Büchsen mit Kondensmilch zustecken.

Auch die beiden Fotos von der Front – kurz vor dem Rückzug bei Batea geschossen, kurz nach dem »Anschluß« Österreichs – korrigieren nicht den zuversichtlichen Ton seiner Schriften. Da steht er lächelnd neben den ebenfalls lächelnden Stabsoffizieren seines Bataillons, die nicht wissen, daß drei von ihnen schon auf dem Weg nach

Dachau sind, daß der vierte in der Roten Armee fällt, der fünfte, wie der sechste, mit dem Fallschirm über Deutschland abspringt, aber nirgendwo ankommt, der siebte und der achte nach Umwegen über die Sahara und die Sowjetunion bei den Partisanen in Jugoslawien kämpfen, der neunte alle anderen um Jahre, Jahrzehnte überlebt, schließlich einsam und verbittert stirbt.

Im September hatte die republikanische Regierung die Freiwilligen von der Front zurückgezogen. Sie hoffte, daß die westlichen Demokratien nun zur Unterstützung bereit sein würden. Aber den Regierungen in London und Paris war das Schicksal der spanischen Republik längst gleichgültig geworden. Anfang neununddreißig setzte die Massenflucht nach Frankreich ein.

10

Ihre Mutter, sagt Rosa María, hatte zwei Gründe, aus Spanien zu fliehen. Zum einen die Sorge, nach der Niederlage denunziert und verhaftet zu werden. Zum andern das Versprechen der Eheleute, einander nicht allein zu lassen.

Wo du bist, will auch ich sein.

Zum letzten Mal trafen sich Karl und Herminia am 2. Jänner 1939 in Gerona. Als sie auseinandergingen, ahnten sie, daß es ein Abschied für lange sein würde. Noch einmal sammelten sich die Internationalen zum Gefecht; beim sogenannten Zweiten Einsatz war es ihnen nur mehr darum zu tun, den Vormarsch der Faschisten zu stören, die Flucht der Zivilbevölkerung zu decken, die Niederlage für einige Tage hinauszuzögern. Der kleine versprengte Haufen österreichischer Freiwilliger erfaßte bald die Aussichtslosigkeit des Unternehmens. Wer sich von der vordersten Linie absetzte, wurde dennoch vom Basiskommandanten der Internationalen Brigaden, dem Franzosen André Marty, mit dem Erschießen bedroht.

Am 9. Februar erreichte Karl die Grenze und wurde gemeinsam mit seinen Mitkämpfern ins Lager Saint-Cyprien gesperrt. In Landauers Archiv findet sich ein genauer, beinahe detailsüchtiger Bericht über die ersten Tage auf französischem Boden. Der Blick zurück nach Spanien, das harsche »Allez, allez!« der Garde mobile, die Erpressungsversuche der Fremdenlegion, der Hunger, die Läuse, die Sandstürme. »Brot, Teller, die Koffer und Kleider sind sofort von einer grauen Sandkruste überzogen. Die Seiten eines aufgeschlagenen

Buches füllen sich mit Sand von oben bis unten, ehe sie zu Ende gelesen sind. Bei Nacht bläst der Wind die Sandstrahlen den Schläfern unter die Decken ins Gesicht, ins Genick, und beim Schöpfen des Essens aus dem Teller knirschen die Sandkörner zwischen den Zähnen.« Aber Karl erwähnte auch den Zusammenhalt der Gefangenen, ihren Widerstand gegen die Schikanen der Lagerverwaltung, die gegenseitige Hilfe, die Kundgebung am 12. März, dem ersten Jahrestag der Okkupation Österreichs, dann die Überstellung nach Gurs, wo die Österreicher eine Volkshochschule gründeten und einander Fremdsprachen, Mathematik, Geschichte, Geographie lehrten. »Das erste Quartal unserer Haft im Konzentrationslager ist vorüber, aber unser Wille läßt nicht nach, das Leben erstarkt und pulsiert immer kräftiger.« Das neunseitige Manuskript wurde aus dem Lager geschmuggelt, zusammen mit einem Begleitbrief an die Redaktion der in Paris erscheinenden *Deutschen Volkszeitung*, in dem Karl um Rat und Kritik bittet, »um Eure *Hilfe*, um vorwärts gehen zu können, um *besser* zu schreiben«.

11

Auch Herminia landete in Gurs. Im Jänner neununddreißig war sie über die Pyrenäen geflüchtet, in Halbschuhen, mit einem kleinen Koffer und mit Karls Militärdecke, in die sie Rosa María eingewickelt hatte. Gurs war ein besseres Lager als Saint-Cyprien, immerhin standen schon Baracken. Aber wenn es, wie in diesem Winter, tagelang regnete oder wenn Schnee fiel, versank Herminia bei jedem Schritt knöcheltief im Schlamm. Denkbar, daß sie an einem dieser Schlammtage, von Unruhe getrieben, zum Zaun gestapft wäre, der Frauen und Männer voneinander trennte. Denkbar, daß sich Karl dem Drahtverhau von der anderen Seite genähert hätte, daß sie einander also noch einmal begegnet wären. Denn es ist möglich, wenngleich nicht erwiesen, daß sie gleichzeitig in Gurs interniert waren. Dann wäre Herminia vielleicht nicht an Lungenentzündung erkrankt, und wenn sie doch erkrankt wäre, hätte sie von Beginn weg gegen die Krankheit angekämpft. So aber wurde es immer schlimmer, das Fieber stieg, die Medikamente halfen nicht, bis eine geistliche Schwester des Krankenhauses, in das sie endlich eingeliefert worden war, Herminia aus ihrer Lethargie rüttelte: Madame, Sie müssen weiterleben, Sie haben ein Kind!, und in der Nacht darauf sank das Fieber, und dann war Herminia über den Berg.

Eines Tages wurden die spanischen Flüchtlingsfrauen samt ihren Kindern in einen Zug gesetzt und in die Normandie verschickt, nach Bayeux, wo sie in einem Kloster, dann in einer Schule Quartier nehmen mußten. Herminia kam als erste frei. Sie sind ja Französin, sagte der Beamte in der Präfektur, der ihr die Kennkarte überreichte. Und Herminia antwortete vielleicht: Ist es was Besseres, Französin zu sein?

12

Im Juni vierzig, als die deutsche Wehrmacht immer weiter nach Süden vordrang, wurden auch die Männer von Gurs evakuiert und auf die Lager Argelès und Le Vernet sowie auf die Festung Mont Louis aufgeteilt. Karl kam nach Le Vernet, wo die Gefangenen besonders groben Schikanen ausgesetzt waren. Als Einlieferungsgrund wurde angegeben: »Gefährlich und äußerst aktiv; Propaganda gegen Arbeitsverpflichtungen.« Das bestätigt die

Vermutung Alois Peters, wonach die Lagerverwaltung in Gurs Karl als einen Rädelsführer jener Gruppe von Gefangenen betrachtet hat, die sich den Werbekampagnen der französischen Armee verweigerte.

Schon im Juli besuchte eine deutsche Kommission das Lager Le Vernet und forderte die deutschen und österreichischen Gefangenen zur Rückkehr in ihre Heimat auf. Sie hätten nichts Schlimmes zu erwarten, hieß es. Ein paar Wochen Umerziehung, dann Arbeit oder Kriegsdienst. Noch sträubten sie sich. Aber bis Herbst wuchs, wohl auch aufgrund einer Weisung der Kommunistischen Partei, ihre Bereitschaft, sich der Anordnung zu fügen.

Als die Kommission zum zweiten Mal im Lager aufkreuzte, um die Personalien aufzunehmen, wurde Karl unmittelbar vor seinem Landsmann Bruno Furch nach Name und Heimatadresse befragt.

Sequens, das ist doch ein alter deutscher Name! Sie wollen auch zurück ins Reich?

Und dann, nach einer kurzen Pause: Jaja, Sequens, jetzt kommt die Konsequenz. Karl Sequens, so erinnert sich Furch, schwieg verlegen.

In Le Vernet gelang es Karl, Kontakt zu seiner Schwägerin in Spanien aufzunehmen. Emilia hatte in der Zwischenzeit einen Rechtsberater aus Burgos geheiratet und war, wie Karl, seit langem ohne Nachricht von Herminia. Hingegen wußte sie, daß ihre Brüder, die ebenfalls geflohen waren, als französische Staatsangehörige in die Armee gepreßt und von den Deutschen gefangengenommen worden waren. Die sieben Briefe, die ihr Karl zwischen September vierzig und April einundvierzig geschrieben hat, verraten seine wachsende Beklemmung, auch wenn er offenbar bestrebt war, Emilia nicht zu ängstigen. Schon im ersten Brief, am 10. September, teilte er ihr seinen Entschluß mit, sich repatriieren zu lassen. Das sei die einzige Möglichkeit freizukommen, nachdem sich das Gerücht, sie würden nach Mexiko ausreisen können, als haltlos erwiesen habe. Er habe in seiner Heimat nichts zu befürchten, nur drei oder vier Monate Aufenthalt in einem Lager, in dem hygienischere Bedingungen herrschten als in Le Vernet. Anschließend werde er Herminia und Rosa María zu sich nehmen. »Geschätzte Emilia, sag das alles meiner Herminia, sie muß nur so lange Geduld haben, bis ich eine Arbeit finde. Dann komme ich sie holen!!«

Karl schrieb auch an seine Schwester. Direkt nach Wien durfte er nicht schreiben, das wäre zu gefährlich gewesen, deshalb bat er Emilia, seine

Briefe weiterzuleiten. Sie sind nicht erhalten geblieben, wahrscheinlich hat Rosemarie sie nach der Lektüre verbrannt. Emilias Adresse in Burgos aber bewahrte sie auf, später hielten die beiden Schwägerinnen einander über ihre Nachforschungen auf dem laufenden. Karls letzter Brief aus Le Vernet stammt vom 4. März 1941. »In wenigen Tagen komme ich von hier weg. Es ist gut möglich, daß ich schon auf der Reise bin, wenn Ihr diesen Brief in Händen haltet. Meine Freude ist unbeschreiblich groß. Aber das ungewisse Schicksal meiner Liebsten läßt mir keine Ruhe.«

Karl wurde am 5. März den deutschen Behörden ausgeliefert, verhaftet, nach Wien überstellt. Im Polizeigefängnis an der Roßauerlände, wo er zur Verfügung der Gestapo eingesperrt war, durfte ihn seine Schwester ein- oder zweimal besuchen. Er bat sie inständig, sich seiner Frau und seiner kleinen Tochter anzunehmen. »Tu alles, was in deiner Macht steht, damit beide hierher nach Wien kommen. Und sei gut zu ihnen.« Ich bin sicher, da wußte er schon, wo er am 19. Jänner 1942 eintreffen würde.

13

Rosa Marías Erinnerungen reichen ins Jahr zweiundvierzig zurück. Da war Hitlerdeutschland längst über Frankreich hergefallen, hielt die eine Hälfte des Landes besetzt und bestimmte, was in der anderen geschah. Sie erinnert sich an ein Schloß zehn Kilometer außerhalb Bayeux', Richtung Calais, in dem sich die Wehrmacht einquartiert hatte. Sie erinnert sich an riesige Fässer mit Cidre, die im Schloßkeller oder im Keller eines Nebengebäudes lagerten. Sie erinnert sich an die Tochter des Verwalters, die France hieß und mit ihr gespielt hat. Und da wohnte, erinnert sie sich, in einem Häuschen neben dem Schloß eine Art Sennerin, die hat die Kühe gemolken, die das ganze Jahr über auf der Weide waren. Die Sennerin, das war Madame Marie, die dem Kind immer wieder das Märchen vom Wolf und den sieben Geißlein erzählen mußte, während Herminia den deutschen Offizieren die Hemden gewaschen und gebügelt hat. Die Deutschen waren überaus freundlich zu dem Kind mit den blauen Augen und den blonden Haaren, das alle Welt Rosette nannte und mit dem Herminia immer nur französisch sprach, weil niemand wissen durfte, wer sie eigentlich waren.

Manchmal, wenn Herminia zu arbeiten hatte, war Rosette auch bei einer Frau, in deren Wohnung ausgestopfte Tiere herumstanden, die machten ihr angst, deshalb wollte sie ihre Suppe nicht essen, und da drohte die Frau, sie in den Keller zu sperren, worauf ihr die Suppe erst recht nicht schmeckte. Oder Rosette saß bei einer anderen Frau in der Küche, neben dem Herd, als plötzlich ein Tiegel umstürzte und kochendes Kaffeewasser auf sie schwappte. Rosette schrie und wimmerte vor Schmerzen, tagelang, die Brandwunden am Oberarm und an der Hüfte heilten nicht, und die Ärzte befanden, nur Lebertransalben würden helfen, aber die seien sündteuer. So kam es, daß Herminia ihren Schmuck verkaufte, den sie im kleinen Koffer über die Pyrenäen getragen hatte. Doch das erfuhr Rosette erst viel später. Auch daß sie einen Vater hatte, sollte sie erst später erfahren. Sie fragte nie nach ihm, und ihre Mutter sprach nie von ihm. »Wenn ich einen Mann gesehen habe, der mir sympathisch war, hab ich Papa zu ihm gesagt. Aber von selbst bin ich nie auf die Idee gekommen, daß ich einen Vater haben könnte. Ich war als Kind eher schweigsam, habe das, was ich gesehen oder gehört habe, auch nicht weitererzählt. Ich hatte auch nie das Gefühl, daß mir meine Mutter was verschwiegen hat. Und meine Mutter hat auch nie gezeigt, daß sie Sorgen hat, sie hat immer getan, wie wenn alles bestens wäre.«

Es war nicht alles bestens. Karls Abwesenheit, und die Ungewißheit, ob er noch lebt. Die Ungewißheit auch über das Schicksal von Herminias Geschwistern und den Freunden und Verwandten zu Hause. Die drückende Armut, die verheimlichte Identität, der Krieg und die Angst, die deutschen Besatzer würden irgendwann auf sie aufmerksam werden. Wenn es Herminia schlechtging, schrieb sie keine Briefe, weil sie nicht andere mit ihren Sorgen belasten wollte. Da wartete sie lieber auf den nächsten Tag. »Morgen wird's besser. Dann schreib ich.« Aber damals in Bayeux wurde es auch morgen nicht besser, und deshalb blieben Hunderte Briefe ungeschrieben.

Irgendwann endlich gelang es Emilia, Herminias Adresse herauszufinden. Oder Herminia nahm all ihren Mut zusammen und schrieb, in der Hoffnung, niemanden mehr zu kompromittieren, an ihre Verwandten in Valencia. Die Verwandten in Valencia verständigten Emilia in Burgos. Emilia in Burgos schrieb an Herminia in Bayeux und an Rosemarie in Wien. Rosemarie schrieb an Karl und an Herminia. Und Karl schrieb an Herminia, den ersten von drei Briefen.

14

Dachau, den 14. November 1943

Meine vielgeliebte Hermine, seit drei Jahren war ich von Dir und Rosa ohne Nachricht. Es war für uns eine Zeit voll Schmerzen, Not und Sorgen, auch ist meine Geduld lange angespannt worden, bis es mir durch meine und Deine Schwester gelungen ist, endlich Deinen Aufenthaltsort zu erfahren. Meine Freude ist sehr groß darüber, daß ich Euch wieder gefunden habe. Ich drücke Euch ans Herz, küsse dich, vielgeliebte Frau und auch Dich, meine Tochter, die ich schon so lange nicht mehr gesehen habe. Von Emilia und Rosemarie habe ich gehört, daß Du gesund bist und auch unser Roserl. Wie sieht sie aus, unser liebes Kind, nach so vielen Jahren der Trennung? Ich glaube, sie muß schon groß sein. Ist sie noch immer so licht und blond? Und Du meine liebste Frau, wie geht es Dir? Meine Schwester hat Dir schon geschrieben und Dich eingeladen. Du sollst zu ihr nach Wien kommen. Wenn Du kannst und es für richtig hältst, so komme zu ihr. Auch ich bitte Dich und rate Dir, es zu tun. Damit das leichter und schneller zu erledigen ist, so bitte die deutschen Behörden in Deiner Nähe um ihren Schutz und ihre Hilfe. Bereite Deine Dokumente vor, und wenn

Dir welche fehlen, so schreibe Emilia darum. Meine Schwester wird alles tun, um Dir zu helfen, und deshalb schreibe ihr bitte über alles, was Du brauchst. In Wien kannst Du u. Roserl bei ihr im Hause bleiben und dort leben. Wenn wieder Frieden sein wird, wenn ich nach Hause komme, so werden wir uns dort wiedersehen. Unser künftiges Heim wird in Wien sein. Komme nur, komme so rasch wie möglich, es wird alles wieder gut werden, das Leben werden wir uns wieder so einrichten damit wir wieder so leben wie es schon einmal war. Ich bin froh, daß die lange und schreckliche Zeit des Wartens auf eine Nachricht von Dir und die Ungewißheit, was Dir geschehen sein kann, vorüber ist. Darum schreibe auch mir sofort, wenn Du diesen Brief bekommst, was mit Dir ist, wie es Dir und unserm Roserl geht. Wenn ich Dir heute deutsch schreibe, so hoffe ich, daß Du Dir diesen Brief übersetzen lassen kannst, ebenso mußt Du, wenn Du mir schreibst, deutsch schreiben. Ich glaube, daß Du mich verstehen und diese Schwierigkeiten in Kauf nehmen wirst. Sei nicht besorgt um mich, es geht mir gut. Grüße bitte alle Lieben und Bekannten, besonders herzlich Emilia und ihren Mann sowie die Familie. Grüße und küsse mir Roserl. Dich grüße ich umarme und küsse Dich in alter Liebe und Treue

Dein Karl

15

Sie hätte sich einem der im Schloß einquartierten Offiziere anvertrauen können. (Nicht alle waren Nazis, einer hatte ihr sogar versichert, der Krieg werde für Deutschland böse enden.) Sicher hätte ihr auch die Arztfrau, für die sie die Wäsche besorgte, Decken häkelte und Tischtücher bestickte, geholfen, den Brief zu entziffern. Außerdem kannte sie die französische Braut eines Deutschen. (Auf einem Foto aus Bayeux steht Rosette vor zwei jungen Frauen, die mit Wehrmachtssoldaten befreundet waren.) Aber Herminia las den Brief ohne fremde Hilfe, in ihrer Kammer bei der Familie Jamais in der Rue Juridiction Nummer 43. Auch die Antwort schrieb sie allein, ein paar Brocken Deutsch hatte sie im Schloß aufgeschnappt, den Rest reimte sie sich mit Hilfe eines Wörterbuchs zusammen. Doch ehe sie Karls Brief beantwortete, sagte sie zu ihrer Tochter: Rosette, setz dich und hör mir gut zu. Du hast einen lieben Vater, den haben die Deutschen in ein Lager gesperrt, aber das braucht niemand zu wissen. Er will, daß wir nach Wien fahren, wo wir bei seiner Schwester wohnen werden. Wien ist eine sehr schöne Stadt, sie wird dir sicher gefallen. Dort können wir…

Und so weiter.

Ich nehme an, daß ihr Rosette interessiert zugehört hat. Sie war ganz froh darüber, daß sie plötzlich einen Vater bekommen hatte, immerhin ging sie schon in die Vorschule, und die anderen Mädchen hatten Väter. Andererseits hielt sich ihre Begeisterung in Grenzen, sie konnte sich schwer vorstellen, wie sich ihr Leben mit einem Vater ändern sollte, den sie nicht kannte und den sie nicht einmal besuchen durften. Wien, das klang verlokkend, und solange die Mutter bei ihr war, hatte sie vor nichts und niemandem Angst.

Aber zuerst mußte Tante Rosemarie bei der spanischen Gesandtschaft in Wien um Zusendung ihrer Geburtsurkunden und Herminias Heiratsurkunde ansuchen, worüber etliche Wochen vergingen, und dann reichte ihre Mutter den Antrag auf Übersiedlung am deutschen Konsulat ein, und wieder verstrich viel Zeit. Schließlich hieß es, Herminia Sequens habe zur Klärung offener Fragen bei der Pariser Leitstelle der Geheimen Staatspolizei vorzusprechen. Um den 10. April verließen sie Bayeux. In Paris stiegen sie in einer Pension ab, wo sie schon ein Gestapobeamter, ein gewisser Swoboda, erwartete. Er brachte Herminia und ihre Tochter in ein Hotel mit Drehtür, Kronleuchter, doppeltem Treppenaufgang und schweren Teppichen, die alle Geräusche dämpften. Das Mädchen mußte in der Halle warten, während Herminia dem Mann hinauf in den ersten Stock folgte.

Zwanzig Tage lang, sagt Rosa María, wurde ihre Mutter verhört, zwanzig Tage lang beteuerte sie, sich ihr Lebtag lang nicht um Politik gekümmert zu haben.

Warum haben Sie sich dann mit einem Bolschewisten eingelassen.

Weil ich ihn liebe.

Wer einen Bolschewisten liebt, liebt auch den Bolschewismus.

Aber es war Liebe auf den ersten Blick.

Den Bolschewismus erkennt man auf den ersten Blick!

So, oder ähnlich.

Schließlich wurde ihnen die Weiterfahrt nach Wien gestattet. In ihrem Abteil waren eine Tschechin und eine Polin, die an Krücken ging. Im letzten Augenblick stieg noch ein junger Mann zu, der immer wieder versuchte, ein Gespräch in Gang zu bringen. Die Frauen antworteten einsilbig. Oft hielt der Zug auf offener Strecke, weil Fliegeralarm gegeben wurde oder weil Truppentransporte Vorrang hatten. Alle paar Stunden mußten sie ihre Papiere und die Fahrkarten vorweisen. Kaum hatten die Kontrolleure die Tür zugeschoben, schon begann der Reisegefährte über Hitler, die Nazis, die Deutschen herzuziehen. Allez au diable! Bald geht es ihnen an den Kragen. Herminia wies ihn zurecht, die beiden anderen Frauen schwiegen erschrocken. In München hatten sie langen Aufenthalt, da verließ der Mann das Abteil. Sie atmeten auf, endlich sind wir ihn losgeworden. Aber pünktlich zur Weiterfahrt war er zurück, in der Uniform eines Offiziers der SS. Er setzte sich und blickte aus dem Fenster, auf die Gleisanlagen, wo Zwangsarbeiter angehalten waren, Bombenschäden zu beheben. Schauen Sie, sagte er auf deutsch. Schauen Sie sich diese Schweine an!

Am 5. Mai 1944, einem strahlend schönen Frühlingstag, kamen sie im Westbahnhof an. Herminia war nach den überstandenen Strapazen voller Erwartung. Außerdem hatte sie Karls zweiter Brief zuversichtlich gestimmt, der schon Ende Februar oder Anfang März eingetroffen war. Sie wußte nicht, daß er den Schreibtisch, an dem er zu arbeiten vorgab, für sie erfunden hatte. Sicher hat er das nur geschrieben, sagt Rosa María, damit sich meine Mutter keine Sorgen macht.

16

Lublin, den 13. Februar 1944

Meine vielgeliebteste Hermine, Deinen Brief vom 28. Dezember habe ich schon am 10. Januar erhalten, aber in der Zwischenzeit habe ich den Platz gewechselt, sodaß ich Dir leider erst heute antworten kann. Ich hoffe aber, daß Du und Roserl gesund seid und eure Lebenslage so ist, daß ihr noch einige Zeit aushalten könnt, bis es Rosemarie möglich wird euch zu helfen. Durch meine Umsiedlung habe ich auch von Rosemarie keinen Brief erhalten aber ich denke mir, daß es doch möglich sein wird, zuerst von ihr Nachricht zu bekommen und da werde ich wohl erfahren, was Du inzwischen gemacht hast. Wenn Du Deine Dokumente beim deutschen Konsulat eingereicht hast, so wirst Du ja hoffentlich bald nach Wien fahren können. Rosemarie hat alles schon für Dich und Roserl vorbereitet und ihr werdet euch wie zu hause fühlen so lange bis ich wieder komme und wir unser eigenes Heim gründen. Rosemarie wird dir ja darüber ihre Gedanken sagen. Mein vielgeliebtes Kind, mein liebes Roserl, wie schön groß ist sie schon. Bitte schicke mir bald ein Bild von Dir und ihr. Wie werde ich mich freuen nach so langer Tren-

nung wieder euch, meine Liebsten, wieder zu sehen, wenn es auch nur im Bilde sein kann. Ich will sie vor mir auf den Tisch stellen und den ganzen Tag bei der Arbeit sollen mich eure Gesichter begleiten. Das Leben ist ja traurig, so lange habe ich nichts gewußt, niemals kann ich mich um unser Töchterchen kümmern, wie gerne möchte ich seine Erziehung in die Hand nehmen, mit ihr lernen spielen und ihr unser schönes Wien zeigen. Wenn sie dort sein wird, ist es gerade richtig, daß sie zur Schule gehen kann. Und bitte erzähle ihr viel von ihrem Vater, sie soll so vieles wissen. Sie soll alles können und wissen was sie begehrt, niemals darf man ihr etwas falsches sagen. Unser Kind soll in einer Welt groß werden und leben voll Arbeit, Frieden und Glück. Und du meine heißgeliebte Hermine, wie lange ist es schon her, daß ich Dir liebkosend über das Haar strich, wo ich Dich zärtlich küssen konnte und Dir von unserer Liebe sprach. Wo Du trotz aller Not und Bedrängnis immer gut zu mir warst und gut fraulich für mich und unser Kind sorgtest. Die Jahre der Trennung waren hart und nur in meinen Träumen konnte ich mich an Dich, an unser gemeinsames Leben und unsere Liebe erinnern. Doch mit aller Kraft sehe ich den Tag kommen, wo wir uns wiedersehen werden und wo unsere Liebe von Neuem erblühen wird. Trotz allem Schweren und Harten denke ich immer an Dich und werde Dir und Roserl das Leben so einrichten wie es schon einmal war. Die Zeit ist nicht stillgestanden und unser Leben wird noch viel schöner sein als früher ohne Not, voll Arbeit, Frieden und Glück. Grüße und küsse mein Töchterchen recht herzlich. Und grüße mir bitte auch Emilia und ihren Mann, denen ich noch vielmals danke für die Hilfe die sie mir als ich noch in Frankreich war, gaben. Dich, meine geliebte Frau, grüße, umarme und küsse ich, in unwandelbarer Liebe und Treue,

Dein Karl

Bitte schreibe mir bald!

17

Angenommen, Herminia hätte ihm auf spanisch oder auf französisch schreiben dürfen. Angenommen, sie hätte auf seinen Gemütszustand keine Rücksicht nehmen müssen. Angenommen auch, ihre Briefe wären keiner Zensur unterlegen. Dann hätte sie ihm sicher geschrieben, daß Wien eine herbe Enttäuschung war. Das lag nicht so sehr am schäbigen Erscheinungsbild der Stadt, am verkniffenen Gehabe ihrer Bewohner oder an den Gefahren und Beschwernissen des fünften Kriegsjahres, sondern am Verhalten seiner Schwester Rosemarie; sie betrachtete Herminia als Rivalin, die ihr den Bruder streitig gemacht hatte. Rosemarie besaß damals ein Geschäft für Damenhüte in der Inneren Stadt, Hegelgasse 5, hinter dem Varieté Ronacher. Nachdem sie zur Putzmacherin ausgebildet worden war, hatte sie ihre Ausbildung in den vornehmsten Hutsalons von München, Paris und Berlin fortgesetzt. Von diesen Jahren waren ihr, neben Unternehmungsgeist und handwerklichem Können, solide Französischkenntnisse, der Hang zum mondänen Leben und die Erinnerung an einen mit Luis Trenker verbrachten Silvesterabend im Hotel Vier Jahreszeiten geblieben. Sie war schlank, hübsch und unsterblich in sich selbst verliebt. Herminia dagegen legte auf Äußerlichkeiten keinen Wert. Bildung war ihr wichtig, Vertrauen, Fürsorge. Außerdem hatte sie zu große Entbehrungen erlitten, als daß ihr in den Sinn gekommen wäre, Gewichtsproblemen oder Schönheitsmitteln größere Beachtung zu schenken. Deshalb erschien sie ihrer Schwägerin plump und wenig elegant, verglichen mit einer früheren Verlobten Karls in Riga, mit der Rosemarie noch lange korrespondiert hatte. Ich verstehe meinen Bruder nicht, sagte sie einmal. Die Juliana war doch viel adretter als du. Dann wieder: Der Karl, der hätte eine andere Frau verdient. Vielleicht war es diese, vielleicht jene Bemerkung, die Herminia so tief ins Herz traf, daß sie bitterlich weinte, vor Rosa María, die ihre Mutter nie zuvor weinen gesehen hatte und nicht wußte, wie sie sich verhalten sollte. »Ich hab nur die Hand auf ihr Gesicht gelegt. Ich hab mit meinen sechs Jahren nichts begriffen, auch kein Deutsch verstanden, nur gespürt, daß ein Druck da war. Ein Fremdsein.« Umgekehrt, wenn sich Rosemarie verletzt fühlte – als Herminia sie zum Beispiel vor einem Verehrer warnte, der prompt ihre Ersparnisse am Spieltisch durchbrachte –, dann bestrafte sie die anderen durch stundenlanges Schweigen. »Ein fürchterliches Schweigen.«

Sie hatte Rosa María, oder Rosette, übrigens gleich am ersten Tag umbenannt. Es geht nicht an, sagte sie in der Straßenbahn, daß das Kind und ich den gleichen Namen haben, da weiß man nie, wer gemeint ist. Wie wäre es mit Gloria. Sie hatten nichts dagegen einzuwenden oder wagten nicht, einen Einwand vorzubringen. Gloria besuchte einen Kindergarten, weil ihre Tante meinte, du mußt Deutsch lernen, und Herminia lernte auch

Deutsch, bei Berlitz am Graben, und führte für Rosemarie den Haushalt in der kleinen Wohnung in der Angererstraße, die der alte Sequens seiner Tochter überlassen hatte.

Eines Nachmittags holte Herminia ihre Tochter früher als sonst vom Kindergarten ab. Weißt du, jetzt ist dein Großvater zu Besuch, der Vater von deinem Vater. Der Großvater – hochgewachsen wie Karl, wortkarg wie Rosemarie – hatte dem Mädchen eine Tüte Konfekt mitgebracht, rundes buntgefärbtes Kriegskonfekt aus Staubzucker. Er lud die beiden für den nächsten Sonntag zum Mittagessen ein, in seinen Schrebergarten am Bisamberg. Sequens war seit langem mit einer Jugendliebe verheiratet, Katharina; seine erste Frau, Karls Mutter, war 1929 verstorben. Schade, daß sie schon tot ist, hatte Frau Schemitza, eine Nachbarin, einmal zu Herminia gesagt. Erlauben S' schon, aber die war ganz anders als der Mann und die Tochter. Die hätte euch nach Strich und Faden verwöhnt!

Nachdem ihr Großvater gegangen war, bettelte Gloria: Mama, ich möcht so gern ein Bonbon!

Jetzt nicht.

Bitte, bitte!

Also gut, ein halbes.

Herminia griff nach einem Stück, brach es entzwei – und erschrak: in dem Bonbon steckte eine Grammophonnadel. Sie nahm ein zweites, öffnete es, wieder eine Nadel. Auch im dritten.

C'est pas possible, murmelte sie. Dein Großvater, will er uns umbringen.

Mit zitternden Händen stopfte sie die angebrochenen Bonbons in die Tüte, schob sie zur Seite und drückte Gloria an die Brust.

Statt uns zu helfen, wollen sie uns hier umbringen.

Sie atmete tief durch.

Geh, sagte sie dann, geh spielen, Gloria.

Vielleicht gab es für die Nadeln eine harmlose Begründung, vielleicht waren sie aus Versehen oder durch einen Lausbubenstreich, der niemand Bestimmtem galt, schon gar nicht Herminia und ihrer Tochter, in die Bonbons gelangt; aber leider fügten sie sich in die Kette aus Rosemaries verletzenden Äußerungen und der Mischung von Hochmut und Argwohn, mit der ihnen die übrigen Verwandten begegneten. Sie empfanden es als gefährlich, durch Blutsbande einer Familie anzugehören, in der der Mann in einem KZ saß und die Frau Ausländerin war. Außerdem weigerte sich Herminia auch in Wien, bei Fliegeralarm den Luftschutzkeller aufzusuchen. Die Nachbarn meldeten das ihrer Schwägerin, hören Sie, das geht doch nicht, und die Schwägerin entschied: Herminia und Gloria müssen weg, aufs Land, wo keine Bomben fallen. Sie unterhielt Beziehungen zu einflußreichen Leuten, war ja selbst eine Pg., wie ihre Nichte später erfahren sollte (das Hutgeschäft, arisiert), und es dauerte nicht lange, da wußte sie: Am 6. Juli werdet ihr evakuiert. Nach Bayern, in die Oberpfalz.

Nach Bayern? fragte der alte Sequens. Warum schickst du die zwei so weit weg. Wenn der Karl freikommt, wird er sie nicht finden.

Ach was, sagte Rosemarie, wir haben ja ihre Adresse.

18

In Klardorf-Zielheim, Kreis Burglengenfeld, wurde ihnen von Bauern eine Kammer zugewiesen. Kahle, rissige Wände, Bretterboden, ein Bett. Kein Stuhl, kein Schrank, keine Kochplatte. Das war sogar dem Bürgermeister nicht geheuer: Was soll das? Wieso ist da nichts? Die Bäuerin, schnippisch oder im Brustton tiefer Überzeugung: Für eine Französin taugt's schon. Aber da sah sich der

Mann in seiner Amtsehre gekränkt, und so mußten die Bauern auf sein Geheiß zwei Stühle hereinrücken, einen Schrank, einen runden Tisch. Sogar ein Nachtkästchen fand sich, darauf stellte Herminia ein Bild, Porträt Karls aus dem Jahr einunddreißig. Und jetzt, sagte der Bürgermeister, kriegen sie auch was zu essen. Wieso, wo wir selber nichts haben. Schließlich setzten sie ihnen, schlechtgelaunt, vier Spiegeleier vor, lehnten sich mit verschränkten Armen an die Küchenkredenz und verfolgten jeden Bissen von der Gabel bis zum Gaumen. Da hab ich ihn wieder gemerkt, sagt Rosa María, den Bruch zwischen uns und den andern. In der Schule war es nicht besser. Blöder Franzosentrampel, blöder.

Herminia ließ sich nicht unterkriegen. Hauptsache, Arbeit! Irgendwo fand sich eine Nähmaschine, auf der kürzte sie Hosen, flickte Hemden, wendete Jacken. Manchmal arbeitete sie auch am Feld. Die Frauen bezahlten mit Rohrnudeln, einem halben Laib Brot, hin und wieder einem Stück Geselchtes. Der Krieg ging seinem Ende zu, das zeigte sich schon daran, daß immer mehr Flüchtlingstrecks aus dem Osten eintrafen, Frauen, Kinder, alte Leute, die sich weigerten, ihr Elend durch das Elend anderer zu begreifen. Auch für sie saß Herminia gebückt an der Nähmaschine.

Ende Jänner oder Anfang Februar fünfundvierzig brachte ihr die Briefträgerin Karls dritten Brief, abgestempelt von der Postzensurstelle K.L. Auschwitz III. Wenige Zeilen, die sie beruhigten und beflügelten, die Rote Armee hatte, als sie das Schreiben in Händen hielt, Auschwitz schon befreit. Aber das wußte sie nicht, es sei denn, der französische Kriegsgefangene vom Wirtshaus gegenüber hatte es heimlich im Radio gehört oder sonstwo aufgeschnappt und ihr weitererzählt. Er war im Grunde der einzige Mensch außer Gloria, mit dem sich Herminia in Zielheim unterhalten konnte. Ich nehme an, sie hat zu ihm von Karl gesprochen, ohne sich ihre Angst anmerken zu lassen, er wird sie trotzdem gespürt haben. Alles wird gut. Sie werden sehen.

Eines Tages, vielleicht am 16. Februar, fiel das Bild mit Karls Foto vom Nachtkästchen, ohne daß jemand daran gerührt hatte. Herminia erschrak. Jetzt ist deinem Vater was zugestoßen, sagte sie, gegen ihren Willen, zu Gloria, während sie die Scherben aufhob. An einem andern Tag, im März oder Anfang April, lieferte Herminia eine geflickte Schürze oder einen Mantel mit neuem Innenfutter im Gasthaus Weiß ab. Wo ist denn der französische Herr, fragte sie, wo wird er schon sein, sagte die Wirtin, im Stall halt, wo er hingehört. Herminia stieß die Stalltür auf und machte, als sie ihn auf dem Melkschemel hocken sah, ein paar Schritte. Bonjour Monsieur, sagte sie freundlich. Comment allez-vous? Er sprang hastig auf, fast hätte er dabei den Kübel umgeworfen, und schrie: Was machen Sie hier, was fällt Ihnen ein, raus mit Ihnen! Verblüfft murmelte Herminia eine Entschuldigung, wandte sich zum Gehen und blieb, starr vor Entsetzen, stehen; da schob sich, in einer Ecke, ein kahler hohlwangiger Schädel durch gehäckseltes Stroh. Verzeihen Sie, sagte der Franzose leise, ich wollte Ihnen diesen Anblick ersparen. Der Mann da in der Ecke habe Typhus, sei mit vier Kameraden aus einem Konzentrationslager entsprungen. Sie hätten sich bis Zielheim durchgeschlagen, und er habe sie auf zwei Nächte im Kuhstall versteckt. Helfen Sie mir, sagte er, bringen Sie ihnen was zu essen. Herminia lief über die Straße, in ihre Kammer, und kochte Haferschleimsuppe, die sie, in eine Milchkanne abgefüllt, ihrem Bekannten aushändigte. Der Vorfall beschäftigte sie lange, es widerstrebte ihr, das ausgezehrte Gesicht des Geflüchteten mit Karl in Verbindung zu bringen. Bisher hatte sie sich die Zustände in deutschen Konzentrationslagern wie jene in Gurs vorgestellt, Karls Briefe hatten sie darin bestärkt.

Je näher das Kriegsende rückte, um so öfter erzählte sie ihrer Tochter von der eigenen Kindheit, von den Onkeln und Tanten in Valencia und von den Lehrern in der Schule. Von den Ausflügen, die sie Sonntag für Sonntag mit ihren Geschwistern und Freunden unternommen hatte, und von einem ihrer Verehrer, einem Arzt, der sich bei einem Rendezvous auf eine frischgestrichene Parkbank setzte, wutentbrannt aufsprang, als er sein Versehen merkte, und sich beleidigt abwandte, weil Herminia schallend lachte. Wovon sie besonders gern erzählt hätte, von der Liebe auf den ersten Blick und von dem Mann, dem diese Liebe galt, sprach sie wenig; sie wollte, daß Gloria möglichst unbelastet aufwuchs, als ein ganz normales Kind, nur ohne Vater, wie so viele Kriegskinder. Deshalb, sagt ihre Tochter, hat sie auch so viel hinuntergeschluckt.

Dann kam der Frühling fünfundvierzig. In Schwandorf, der nächsten größeren Ortschaft, starben noch etliche Zivilisten, weil ein SS-Mann oder ein Wehrmachtsoffizier das Städtchen den anrückenden Amerikanern nicht kampflos übergeben wollte. Kaum war der Krieg zu Ende, schon machte sich Herminia auf die Suche. In Nürnberg, in München rechnete sie damit, beim Roten Kreuz oder bei den alliierten Informationsbüros Nachricht über Karls Verbleib zu bekommen. Aber niemand konnte oder wollte ihr helfen. Zurück nach Zielheim, wo sie wartete, hoffte, bangte. Sie schrieb an Rosemarie: ob Karl vielleicht…, wußte aber nicht, ob ihre Schwägerin den Brief überhaupt erhalten würde. Bis sie dann, im Spätherbst, von einer Lehrerin aus dem Nachbardorf Steinberg, dem Fräulein Berger, aufgesucht wurde. Berger war Österreicherin, aus Klosterneuburg. Gleich zu Kriegsende hatte sie sich nach Wien durchgeschlagen, wo sie mit Herminias Schwägerin zusammengetroffen war. Sie hat mich gebeten, Ihnen diesen Brief auszuhändigen, sagte sie. Darin stand: »Von unserem lieben Karl habe ich vom 8. 1. 1945 die letzte Post erhalten. Kameraden die mit ihm zusammen in Auschwitz waren haben mir die Nachricht gebracht daß sie mit vielen andern zusammen Mitte Jänner von Auschwitz abtransportiert worden wären nach Thüringen (Lager Dora) Sangerhausen Post Neuhausen. In der großen Kälte wurden die armen Menschen in offenen Waggons befördert. 11 Tage waren sie unterwegs – ohne Essen, ohne Trinken. Sie haben Schnee gegessen. Viele hatten Erfrierungen, auch unser armer Karl. Viele sind schwach und krank geworden auch unser armer Karl. Im Lager in Sangerhausen war Typhus. Karl soll daran erkrankt sein im Februar. Ich hoffe daß er es überstanden hat. Ich bete zum lieben Gott und zu meiner lieben Mutter daß sie ihn uns wieder gesund werden ließen und daß er zu uns heimkommt.«

19

8. 1. 1945

Meine heißgeliebte Frau, meine allerliebste Gloria, Meine Freude ist furchtbar, daß Du mir nach so langer Zeit wieder geschrieben hast und ich weiß daß Du immer an mich denkst und so wie ich, Sehnsucht nach dem Wiedersehn verspürst. Daß Gloria lieblich ist, groß geworden ist und auch fleißig spielt und lernt ist für uns das Schönste was es gibt. Ich bin gesund und denke daran immer wieder, daß wir doch froh vereint in der Heimat wieder zusammen sein werden. Gloria, mein liebes Kind, lerne fleißig, sei aber auch fröhlich und spiele heiter. Hier sende ich Dir viele zärtliche Küsse! Dich meine einzigste liebste Frau umarmt und küßt Dich Dein Karl

20

Noch hoffte sie auf späte Heimkehr. Wer weiß, sagten die Nachbarn, vielleicht haben ihn die Russen verschleppt. Sie sagten das in der festen Überzeugung, mit der sie für alles, was ihresgleichen widerfuhr, einen Schuldigen fanden; so lange sagten sie es, bis Herminia geneigt war, sich an diese Möglichkeit zu klammern. Stalin und die Seinen, hatten sie nicht schon in Spanien ihre eigenen Leute verfolgt.

Doch eines Tages, Wochen nach dem Fräulein Berger, tauchte ein Fremder in Zielheim auf. Egon Steiner, Spanienkämpfer aus Wien. Er sagte, Karl und er hätten versprochen, einander den letzten Liebesdienst zu erweisen. Deshalb sei er hier. Er sei dabeigewesen, beim Transport von Auschwitz nach Dora Mittelbau, im offenen Waggon. Er sei dabeigewesen, als sie den höllischen Durst mit Schnee zu löschen versuchten, als Karl fiebernd auf fauligem Stroh lag, als ein SS-Mann die Pistole hob und auf Karl richtete. Der dünne Blutfaden aus Karls Mund, davon sagte er nichts. Er sagte (und schämte sich dafür, es zu sagen), der letzte Gedanke seines Gefährten habe ihr und dem Kind gegolten.

Herminia nickte, dankte, weinte, wollte ihn wegschicken und nicht gehen lassen.

Als ihre Tochter von der Schule nach Hause kam, sagte sie: Gloria, dein Vater ist tot.

Und Gloria dachte, jetzt muß ich sehr stark sein.

Ja Mama, das ist sehr traurig.

Da ich meinen Vater nicht gekannt habe, sagt sie, hat es mir nicht so sehr weh getan.

21

Herminia hätte mit ihrer Tochter natürlich nach Frankreich fahren können, nach Lyon zum Beispiel, wo sich ihr Bruder Emilio als Friseur niedergelassen hatte. Oder nach Spanien, zu ihrer Schwester Emilia, die sie in jedem Brief bat: Kommt doch zu uns! (Und die ein paar Jahre später Víctor zu sich nehmen sollte, der über den Greueln der Naziherrschaft gemütskrank geworden war.) Oder nach Wien, wo sie Rosemarie plötzlich willkommen gewesen wären. Schon in ihrem ersten Brief hatte die Schwägerin sie eingeladen, zu ihr zu ziehen, sie habe bereits eine Wohnung mit zwei Zimmern gemietet, »eines für

Euch und eines für mich«, nachdem das Haus in der Angererstraße bei einem Bombenangriff zerstört worden war.

Wien, das war Karls Traum und Herminias Liebe. Aber sie wollte nicht wieder mit leeren Händen ankommen. Sie wollte sich die Stadt weder schenken lassen noch mit Rosemaries schlechtem Gewissen erkaufen. (Sie wußte nicht, daß Karls Schwester sich inzwischen, als »die einzige, die sich in aufopferndster Weise für ihren Bruder zu allen Zeiten bemüht hat«, vom KZ-Verband Fleisch, Kartoffeln, ein halbes Kilo Zucker zuweisen ließ.) Sie blieben also in Bayern. Die Witwenrente betrug vierundzwanzig Mark, die Waisenrente zwölf Mark. Allein die Miete für das Zimmer belief sich auf monatlich zwanzig Mark. Vorerst brachte sie sich und Gloria als Näherin durch. Aber zwei oder drei Jahre nach Kriegsende häkelte sie der Tochter des Bauern weiße Handschuhe für den Feuerwehrball, die Handschuhe erregten Aufsehen unter den Mädchen, woher hast du sie, sag schon, und ein paar Wochen später kam ein Schreiben aus der Kreisstadt, für eine entgeltliche Tätigkeit ist ein Gewerbeschein erforderlich, zur Ausstellung desselben ersuchen wir Sie dringend, Ihren Meisterbrief vorzulegen, den hatte sie nicht, also mußte sie sich nach einer anderen Arbeit umsehen.

Ungefähr zur selben Zeit wiederholte Rosemarie ihre Einladung nach Wien. »Die Volkssolidarität hat mir geschrieben und mich gebeten Dir mitzuteilen Du bekommst monatlich eine Rente von Schilling 150.– und für Gloria S. 40.– ist zusammen S. 190.– Warum kommst Du Dir das nicht holen? Deine Wohnung die ich Dir noch immer halte und den Zins bezahle ist vollständig renoviert (mit Gas) Kochgelegenheit alles separiert Fenster sind mit Glas eingeschnitten Du würdest wieder in einer Stadt wohnen wie Du es gewohnt warst. Hast Du gar keine Sehnsucht manchmal in ein Theater zu gehen? oder einen französischen Film zu sehen in Originalfassung?«

Doch, Herminia hatte Sehnsucht, nach Karl, dem sie in Wien näher gewesen wäre. Aber sie hatte auch ihren Stolz, sie wollte ihr Leben dort, an der Seite eines abwesend Anwesenden, durch eigenen Fleiß gewinnen. Zeitungen austragen, das war eine Möglichkeit. Herminia und Gloria begannen mit sieben Abonnenten, zuletzt versorgten sie fünf Dörfer mit der *Mittelbayerischen Zeitung*. Irgendwann fing sie an, über Bürgerversammlungen, Bauernschwänke, Faschingsumzüge zu schreiben, und die Redakteure setzten ihre Berichte ins Blatt. Im Februar 1957 wurde von der Orthopädischen Klinik in Schwandorf eine Wäscherin gesucht.

Herminia bewarb sich und bekam die Stelle. Weil sie, noch aus Zeiten ihres Medizinstudiums, Latein- und Griechischkenntnisse besaß, wurde sie zu Sitzwachen nach Operationen herangezogen. Einer der Ärzte unterhielt sich gern mit ihr. Sie sind doch überqualifiziert, sagte er. Machen Sie einen Schwesternhelferinnenkurs! Und sie machte ihn tatsächlich. Da war sie sechzig Jahre alt und träumte noch immer von Wien.

22

Gloria und das Anderssein.

Ihre erste Frage stellte sie mit acht oder neun Jahren, kurz nach Kriegsende, als ihnen die Gemeinde ein handtuchgroßes Stück Land zur freien Nutzung überlassen hatte. Herminia wollte ein paar Kartoffeln, Tomaten, Gurken anbauen, aber zuerst mußten sie das Unkraut jäten, und dazu brauchten sie eine Hacke. Geh, lauf zum Bauern und bitt ihn darum. Die Tochter des Bauern schaute sie mitleidig an: Nicht einmal eine Hacke habt ihr, so arm seid ihr. Arm, fragte Gloria abends, im Bett: Du Mama, warum sind wir so arm? Herminia: Es kommt nicht darauf an, ob man reich ist oder arm. Es kommt darauf an, wie man sich im Leben anstellt. Reich, arm, das ist nicht die Frage. (Oder leider doch, dachte sie, während ihre Finger über Glorias Wange, Nase, Stirn strichen.)

Die zweite Frage war keine Frage. Wenn sie die Zeitung austrugen, mußten Rosa María und ihre Mutter um halb drei Uhr früh aufstehen. Am Bahnhof von Schwandorf holten sie die verschnürten Packen ab, die von den Druckereiarbeitern in Weiden zum Frühzug gebracht worden waren. Rosa María lud einen Stoß Zeitungen aufs Rad und fuhr in die umliegenden Dörfer. In der Schule war sie müde und unglücklich. Sie hatte Angst, aufgerufen zu werden und die falsche Antwort zu geben. Sie hatte Angst, verlacht zu werden. Sie hatte Angst, wegen ihrer Größe – sie war schnell gewachsen, überragte alle Mitschüler – verspottet zu werden. Sie hatte Angst, jemand werde die Druckerschwärze an ihren Fingern und Handtellern entdecken. Deshalb hatte sie die Hände, die sie nicht unter der Bank verstecken durfte, zu Fäusten geballt, die Fäuste hinter die Oberarme geklemmt. Das fiel eines Morgens dem Hilfslehrer Schramm auf, den die Kriegsgefangenschaft nicht von seinem Franzosenhaß befreit hatte. Sequens, sagte er, zeig uns mal deine Hände. Sie gehorchte. Die anderen Kinder reckten die Hälse und lachten. Seht ihr, sagte Schramm, so schmutzig sind Franzosen. Die waschen sich nicht einmal die Hände.

Die dritte Frage stellte sie mehr als einmal, und Herminia hat sie mehr als einmal beantwortet: Mama, warum muß ich so viel lernen. Warum bist du so streng zu mir. Weil ich nicht nur deine Mutter bin; ich muß dir auch den Vater ersetzen. Oder: Weil du mich vor deinem Vater nicht blamieren darfst. Was ist, wenn er plötzlich bei der Tür hereinkommt. Da mußt du schon zeigen, daß aus dir was geworden ist. Eine diplomierte Krankenschwester zum Beispiel, was sie sich wegen ihrer Schwierigkeiten mit der deutschen Rechtschreibung – mit Herminia sprach sie nur französisch – nicht zugetraut hatte. Aber dann erinnerte sie sich an den Satz ihrer Mutter, an dem sie sich immer aufgerichtet hatte: Wenn wir den letzten Krieg geschafft haben, werden wir das auch noch schaffen, und sie meldete sich, als sie achtzehn war, in der Schwesternschule in Hof/Saale an. Die Weihnachtsferien verbrachte sie zu Hause bei ihrer Mutter. Lassen Sie die Glori auch einmal tanzen gehen, sagte die Bäuerin, Sie können sie nicht immer einsperren. Herminia: Die Frau hat recht. Geh ruhig aus, unterhalte dich gut, aber vergiß nie, wer du bist.

Die vierte Frage – warum sie nie vergessen sollte, wer sie sei – stellte sich erst gar nicht. In der Zeitung oder im Kino sah sie Bilder von ausgemergelten Gestalten in gestreiften Anzügen. Ihr Vater, einer von ihnen. Da war er wieder, der Druck, den sie schon als Kind empfunden hatte, und sie wußte, ich werde nie so sein wie die anderen. Ich werde diesem Druck immer widerstehen müssen. Bemühte sich jemand um sie, dann duldete Gloria von allem Anfang an kein Mißverständnis: Mein Vater ist in einem KZ umgekommen. Wer dieser Auskunft standhielt, damals in der bayrischen Provinz, auf den oder die konnte sie bauen. Oder auch nicht, wie das Beispiel ihrer ersten Ehe zeigt: Ein junger Mann hatte sich an ihrem Satz nicht gestoßen, im Gegenteil, er hatte sie besonders heftig umworben und verehrt. Vielleicht hätte ihr manches in seiner Umgebung eine Warnung sein müssen – dummes Gerede von deutscher Erde, Orden und Bänder in einer Schachtel aufbewahrt –, aber andererseits heiratet man immer noch einen Menschen und nicht dessen Verwandtschaft. Nur, der Mann war bald schroff im Ton und verletzend im Umgang, es behagte ihm, sie herunterzumachen. Sechs Jahre lang hielt sie es mit ihm aus, dann knurrte er: Irgendwas wird dein Vater schon ausgefressen haben, sonst hätte man ihn nicht ins KZ gesteckt, und da verließ sie ihn.

Die fünfte Frage, nach der Staatsbürgerschaft, hatte sich schon Mitte der fünfziger Jahre erledigt. Damals waren Herminia und sie immer noch ohne gültige Papiere. Als Gloria ihren ersten Posten im Krankenhaus Landshut antrat, hörte sie eine Angestellte in der Personalabteilung sagen: Was, keinen Ausweis? Na, das wird ein rechtes Früchtchen sein. Es bedurfte langwieriger Behördenwege, damit ihnen endlich Pässe ausgestellt wurden – österreichische Pässe, darauf legte Herminia Wert.

Die letzte Frage – wie sie denn nun wirklich heißt – wurde an ihrem 25. Geburtstag beantwortet, als sie vor Herminia hintrat und ihren Vornamen zurückforderte. Mama, sag nie wieder Gloria zu mir. Nenn mich wie früher: Rosa María.

23

Ihre zweite Reise nach Wien unternahmen Mutter und Tochter, kurz entschlossen, im Herbst neunundfünfzig. Im Februar desselben Jahres hatten sie auch ihre Verwandten in Spanien besucht. Rosa

María brannte darauf, mehr über ihren Vater und seine Familie zu erfahren, aber Tante Rosemarie in Wien erzählte kaum was. Immer noch wahrte sie ihr »fürchterliches Schweigen«, kein Wort über ihre und Karls Kindheit, nichts über die Eltern und Großeltern, nichts auch über ihre letzte Begegnung mit Karl im Polizeigefängnis an der Roßauerlände, bis auf den einen Satz: »Dein Vater hat mich beauftragt, ich soll gut sein zu deiner Mutter.« Zwischen uns war eine Wand, sagt Rosa María. Vielleicht wäre es möglich gewesen, sie zu durchbrechen. Aber wie, und auf wessen Kosten. In Spanien war alles ganz anders gewesen; die Verwandten in Burgos und Valencia, Sevilla und Benidorm hatten sie mit offenen Armen und zahllosen Beweisen ihrer Wertschätzung empfangen. Nächtelange Gespräche der Geschwister, Ausflüge, Einladungen, Erinnerungen: Weißt du noch, wie... Und damals, als... Rosa María kehrte mit der Überzeugung nach Bayern zurück, daß Spanien der bessere Ort zum Leben sei.

Auch für Herminia war es schmerzlich, daß sie in Wien keinen fand, der Karl von früher her kannte. »Personne n'est ici, personne n'est ici.« Eine finanzielle Entschädigung wurde weder ihr noch ihrer Tochter je gewährt. Dabei hatten sie sich Ende der fünfziger Jahre sogar einen Anwalt genommen, der pro Woche fünfzig Mark verlangte, eine stolze Summe damals, ihr ganzer Verdienst floß in seine Handkasse. Aber die deutschen Behörden wiesen ihren Antrag ab, »da bei einem Rotspanienkämpfer, welcher aus Sicherheitsgründen in ein KZ verbracht worden ist, dessen Gegnerschaft zum Nationalsozialismus nicht nachgewiesen werden kann«.

In der Deutschen Demokratischen Republik wäre sie nachzuweisen gewesen. Mutter und Tochter wurden sogar eingeladen, sich dort niederzulassen. Man hätte für Wohnung, Arbeit und Studienplatz gesorgt, immerhin waren sie Angehörige eines ermordeten Kommunisten. Sie lehnten ab, Herminia aus Prinzip, weil sie nichts geschenkt haben wollte, und vielleicht auch aus Angst, ihr Lebensziel Wien aus den Augen zu verlieren, Rosa María aus Trotz: Mein Vater, dachte sie, hat sich für die Partei und für seine Gesinnung geopfert. Und was ist dabei herausgekommen? Wo sind denn die alle gewesen, seine Genossen? Die hätten doch helfen können, zusammenhalten, so wie bei ihr im Dorf die von der CSU oder die Sozialdemokraten zusammenhielten. Deshalb wollte sie auch nie Mitglied einer Partei werden, genausowenig wie ihre Mutter, die sagte: Ich lasse mir doch nicht vorschreiben, was ich zu tun habe. Wenn ich etwas unternehme, dann aus eigenem Antrieb, nicht im Auftrag eines Funktionärs. Ihre Berufswahl war auch eine Reaktion auf Karls Schicksal. Als Krankenschwestern, sagt Rosa María, durften wir für alle dasein.

Keine Entschädigung also, keine Nachricht über Karl. Erst Rosa María stieß, Jahrzehnte später, auf die österreichischen Spanienkämpfer Hans Hertl und Josef Gansch, die sich an ihn erinnerten. Ein ernster, sehr ernster Mensch sei er gewesen, der Sequens Karl, manchmal sogar ein bißchen belehrend. Und: Wissen Sie, er war tadellos, aber man hat irgendwie gemerkt, er kommt aus dem böhmischen Tuchadel. Immer so fein und zurückhaltend. Ein anderer ehemaliger Freiwilliger, der Arzt Josef Schneeweiß, behauptete am Telefon, er habe Karl sterben sehen. Sequens sei im Lager an Lungenentzündung erkrankt und in einer Baracke zugrunde gegangen. Elend zugrunde, ich hab's mit meinen eigenen Augen gesehen. Rosa María war erschüttert. Besser, ich hätte ihn erst gar nicht angerufen. Aber Schneeweiß muß Karl mit jemand anderem verwechselt haben, er kann in der Todesstunde nicht bei ihm gewesen sein, denn er war bis zur Befreiung in Dachau eingesperrt, wie Bruno Furch, der ebenfalls geglaubt hat, daß Karl Sequens dort umgekommen ist, ich wußte, sagt er, daß Sequens etwas auf der Lunge hatte. Karl ist jedoch sicher anderswo ermordet worden, auf dem Transport von Auschwitz nach Dora Mittelbau, so wie es Egon Steiners Bericht nahelegt. Oder er hat den Transport überlebt und ist erst später zu Tode gekommen: Nach Auskunft des Internationalen Suchdienstes in Arolsen ist Karl Sequens nämlich am 29. Jänner 1945 in das Krankenrevier von Dora Mittelbau eingeliefert worden. Dort soll er am 16. Februar, um fünf Uhr früh, verstorben sein. Dora Mittelbau, bei Nordhausen im Harz, ein Nebenlager von Buchenwald.

Auf dem Friedhof von Klardorf befindet sich ein Massengrab von KZ-Häftlingen, die während der Todesmärsche knapp vor Kriegsende ermordet wurden. Zeit ihres Lebens hat Herminia das Grab gepflegt, Eisblumen angesetzt, einen kleinen Weihnachtsbaum geschmückt, Grablichter entzündet. Zur Erinnerung an Karl, damit er weiß, daß wir an ihn denken. Sie hat nie daran gedacht, wieder zu heiraten. Sie war, sagt Rosa María, meinem Vater treu bis in den Tod. Deshalb habe ich vor ihr auch so große Ehrfurcht.

24

Immer noch trug sich Herminia mit dem Gedanken, samt ihrer Tochter in Wien heimisch zu werden. Als ihre Schwägerin im April zweiundsiebzig an einer Herzattacke starb, hielt sie den Zeitpunkt für gekommen. Namens ihrer Tochter erhob sie Anspruch auf Rosemaries Gemeindewohnung, zum ersten Mal führte sie Karls Verdienste im Kampf für ein freies Österreich ins Treffen. Die Angelegenheit zog sich über Monate hin, erst spät im Herbst erhielt Rosa María den Bescheid, sie müsse zur Vertragsunterzeichnung in Wien erscheinen, und zwar sofort. Da aber lag Herminia schon mit Gelbsucht und Fieber in der Klinik Schwandorf – rätselhaften Symptomen einer Krankheit, die ein falsch verabreichtes Antirheumatikum hervorgerufen hatte. Rosa María wollte ihre Mutter nicht allein lassen.

Ich verzichte auf die Wohnung, ich bleib bei dir.

Kommt nicht in Frage. Du fährst nach Wien.

Rosa María gab nach, fuhr nach Wien, unterschrieb den Mietvertrag, lief aufs Meldeamt, schloß Bekanntschaft mit dem rüpelhaften Charme der österreichischen Bürokratie. Dreimal täglich rief sie im Krankenhaus an. Kein Grund zur Sorge, hieß es, alles in Ordnung. Dann plötzlich: Die Nieren haben versagt, sie ist nicht mehr ansprechbar. Als Rosa María mit dem nächsten Zug eintraf, in der Nacht vom 28. auf den 29. November 1972, lag ihre Mutter schon im Sterben. Am Bett saß eine Ordensschwester, die in der afrikanischen Mission tätig gewesen war, und betete in drei Sprachen für Herminias Seelenheil. Da ist mir wieder bewußt geworden, daß meine Mutter eine echte Kosmopolitin war, sagt Rosa María. Und: Wie eine lebt, so stirbt sie auch.

Herminia Sequens wurde auf dem Friedhof von Schwandorf beigesetzt. Der Pfarrer, nehme ich an, rühmte ihre christliche Gesinnung und Nächstenliebe, namens der Klinik dankte deren Verwalter der Verstorbenen für langjährige Arbeit im Dienste des deutschen Gesundheitswesens. Ich höre Worte wie: aufopferungsvoll, selbstlos, zuverlässig. (Daß er ihr wegen ihrer Erkrankung die Kündigung hatte abringen wollen, blieb ungesagt.) Ich höre auch Rosa María sprechen, nur einen Satz: Mama, ich versprech dir, einmal werde ich deine Geschichte niederschreiben.

25

Rosa Marías erster Gedanke war, auf die Gemeindewohnung in Wien zu verzichten. (Das geht nicht, bellte der zuständige Magistratsbeamte ins Telefon, zuerst machen Sie uns Scherereien, und dann wollen Sie verzichten!) Nach Spanien auszuwandern, zu Tante Emilia, die sie liebend gern bei sich aufgenommen hätte. Oder in Schwandorf zu bleiben, in geregelten Verhältnissen, einen guten Posten hatte sie, eine schöne Wohnung. Aber dann fielen ihr wieder die letzten Worte ihrer Mutter ein. Wir verzichten nicht auf die Wohnung deiner Tante. Du fährst nach Wien! Vielleicht erinnerte sie sich auch an Karls Brief aus Dachau. »Unser künftiges Heim wird in Wien sein.« Also ließ sie sich in ihrer Vaterstadt nieder, unsicher, ob es ihr dort auf Dauer gefallen werde. Sie nahm eine Stelle im Allgemeinen Krankenhaus an, in der Chirurgie. Ich vermute, sie war tüchtig, verläßlich, ernsthaft wie ihre Eltern. Vielleicht war sie auch ein wenig einsam. Kann sein, es ist traurig, eine Stadt mit den Schatten der Eltern zu erkunden. Gelegentlich lagen Patienten auf der Station, die wie sie durch unsichtbare Fäden mit Spanien verbunden waren. Einer war Spanischlehrer, teilte ihre Hingabe für das Land, für dessen Menschen, für deren Kultur. Wieder eine Liebesgeschichte, die am Krankenbett beginnt, wenngleich nicht auf den ersten Blick, erst ganz langsam seien sie einander nähergekommen, sie und Manfred, der empfindsam sei, menschenfreundlich, bildungshungrig. Einer, der andere nicht runterdrückt, nicht runtermacht, nicht preisgibt. Dem es ein Anliegen ist, für alle seine Schüler dazusein, der in der Begegnung mit Fremden weder Reichtum noch Dünkel, nur den »Adel der Seele« gelten läßt. Durch ihn, sagt Rosa María, habe sie Wien als Heimat angenommen. Aber auch in Frankreich und in Bayern würde sie sich zu Hause fühlen. Und erst Valencia – wenn der Pilot im Anflug zur Seite schwenkt und im Fenster die Stadt auftaucht, in der alles begann, »da wird mir so heiß ums Herz«. So froh, so weh.

26

Damals, als der Hilfslehrer Schramm den Haß auf ihre Tochter gepredigt hatte, war Herminia, Rosa María an der Hand, in die Schule gelaufen, um sich beim Hauptlehrer Isidor Lang zu beschweren. Bei dieser Unterredung hatte sie dem Mann Stück für Stück ihrer Lebensgeschichte entdeckt, und als sie an ein Ende gekommen war, nach ein paar Sekunden der Stille, hatte der Lehrer gesagt: Diese Liebe hat Sie sehr viel gekostet. Und Herminia hatte, mit einem Blick auf Rosa María, zur Antwort gegeben: Aber sie war es wert.

Erich Hackl im Diogenes Verlag

Auroras Anlaß

Erzählung

»Eines Tages sah sich Aurora Rodríguez veranlaßt, ihre Tochter zu töten.« So beginnt die außergewöhnliche Geschichte der Aurora Rodríguez, die auf der Suche nach Selbstverwirklichung an die Schranken gesellschaftlicher Konventionen stößt und ihre Träume von einer besseren Welt von einer anderen, fähigeren Person realisiert sehen möchte: einer Frau, ihrer Tochter Hildegart.

»Souverän und stilsicher erzählt Erich Hackl einen ganz einmaligen Fall; zugleich gibt er einen Einblick in das Spanien der Zeit vor Franco und vor dem Bürgerkrieg. Der Erzähler drängt dem Leser keine politischen Lehren auf, doch er bringt ihn zum Nachdenken. Und vor allem: er unterhält ihn aufs beste mit einem spannenden Buch, das keine Längen hat. Dies ist ein Debüt, das auf Kommendes neugierig macht.«
Der Tagesspiegel, Berlin

»Ein großartiges Debüt.« *Le Monde, Paris*

Ausgezeichnet mit dem Aspekte-Literaturpreis 1987.

Abschied von Sidonie

Erzählung

»Man liest die Geschichte des Zigeunermädchens Sidonie mit angehaltenem Atem, als handelte es sich um ein einmaliges Geschehen, als hätte es nicht millionenfach ähnliche Schicksale gegeben. Aber der Autor weiß und der Leser spürt: Diese Geschichte ist einmalig, so wie jedes Individuum einmalig ist.«
Neue Zürcher Zeitung

»Erich Hackl erzählt den authentischen Fall unprätentiös schlicht, wie eine Kalendergeschichte – und erzeugt heilsame Wut gegen Denunziantentum.«
Stern, Hamburg

Abschied von Sidonie

Materialien zu einem Buch und seiner Geschichte

Herausgegeben von Ursula Baumhauer

Nur wenige Bücher haben eine so fesselnde Entstehungs- und Wirkungsgeschichte wie Erich Hackls Erzählung *Abschied von Sidonie.* Aufgrund des großen Interesses zumal von jungen Lesern – die Erzählung ist dabei, ein Schulklassiker zu werden – enthält der Band Vorstufen der Erzählung sowie das Drehbuch *Sidonie,* außerdem Fotos, Dokumente und Gesprächsprotokolle mit Angehörigen des Mädchens, das 1943 – kaum zehn Jahre alt – verschleppt und in Auschwitz-Birkenau ermordet worden ist. Dazu Essays über das gesellschaftliche wie ästhetische Umfeld, also über die Verfolgung der Sinti und Roma, über die Bemühungen um ein Denkmal für Sidonie Adlersburg, über eingreifendes Schreiben, über das Verhältnis von Dokument und Fiktion sowie über die Aufnahme der Erzählung vor Ort und anderswo. Ein grundlegendes Arbeitsmittel, nicht nur für Lehrer und Schüler.

König Wamba

Ein Märchen. Mit Zeichnungen von Paul Flora

»Das Märchen von Macht, Usurpation, Sanftmut und List erzählt Hackl lakonisch, klar, ohne auf poetischen Stelzen zu schreiten. Er bringt seine Geschichte so rein, deutlich und sicher ins Wort, wie unverfälschte Märchenerzähler das können. Simplizität als Merkmal von Wahrheit – und Genie. Allerhöchstes Lesevergnügen!« *Ute Blaich / Die Zeit, Hamburg*

Sara und Simón

Eine endlose Geschichte

Sara Méndez flieht 1973 aus Uruguay und wird kurz nach der Geburt ihres Kindes vom Geheimdienst verschleppt. Ihren Sohn Simón muß sie zurücklassen – einen von Tausenden ›Verschwundenen‹. Erst Mitte der achtziger Jahre stößt sie auf die Spur eines ausgesetzten Jungen, bei dem es sich wahrscheinlich um Simón handelt. Ihrem Verlangen, Gewißheit zu bekommen, widersetzen sich alle anderen betroffenen Parteien: die Justiz, die Adoptiveltern des Jungen und der Junge selbst. Hackl erzählt diesen genau recherchierten Fall in einer klaren, poetischen Sprache, und er ergänzt die ›endlose Geschichte‹ um ihr unerwartetes und glückliches Ende.

»Drei Jahre hat Hackl für *Sara und Simón* vor Ort recherchiert, und das Ergebnis ist frei von Verkünderpathos. Ein schlichter, berührender Tatsachenbericht mit dem durch nichts zu übertreffenden Vorzug der Wahrheit.« *News, Wien*

In fester Umarmung

Geschichten und Berichte

Unbeirrt von Lärm und Hast der Tagesaktualität erzählt Erich Hackl Geschichten von Aufruhr und Widerstand, Wut und Geduld, Würde und Freundschaft. Geschichten über ein Gelage und über die Winde, die dabei entschlüpfen; über Liebesbriefsteller und ihren zweifelhaften Nutzen; über die Entdeckung der Stadt Schleich-di; über die Wiederkehr des Che Guevara; über Gedichte einer Frau, die immer alles gewußt hat, und über Gedichte einer Frau, die sich nie überschätzt hat; immer wieder über Menschen, denen der Autor zugetan ist – ›in fester Umarmung‹.

»Hackl ist einer der wenigen deutschsprachigen Autoren, denen es gelingt, Literatur und Politik zu verei-

nigen. Seine politische Literatur geht unter die Haut und ins Hirn, sie überzeugt und ermutigt.«
Sabine Peters/Basler Zeitung

Entwurf einer Liebe auf den ersten Blick

Erzählung

Eine Liebesgeschichte, die am Krankenbett beginnt: Im Januar 1937 wird der österreichische Spanienkämpfer Karl Sequens in ein Krankenhaus der Stadt Valencia eingeliefert. Als Herminia Roudière Perpiñá ihn dort kennenlernt, ist es für beide Liebe auf den ersten Blick. Sie heiraten, überstürzt, als wüßten sie, daß ihnen nicht viel Zeit bleibt. Nach einem Jahr kommt ihre Tochter Rosa María zur Welt, kurz vor der Niederlage der spanischen Republik trennen sich ihre Wege. Herminia flieht mit dem Kind nach Frankreich, später nach Wien, zu Karls Schwester, die sie bald darauf nach Bayern evakuieren läßt. Jahrelang ist Herminia ohne Nachricht von ihrem Mann, bis drei Briefe eintreffen: aus Dachau, aus Lublin, aus Auschwitz.

»Erich Hackls Erzählungen sind nicht bescheiden. Sie möchten den Käfig der Gegenwart sprengen, um die Mauer der Vergangenheit niederzureißen.«
Ruth Klüger

Die Hochzeit von Auschwitz

Eine Begebenheit

Die Geschichte von zweien, die sich lieben, durch die politischen Ereignisse immer wieder getrennt werden und dann diese Liebe endlich legalisieren dürfen – unter den denkbar widrigsten Umständen: Für einen Tag und eine Nacht darf die Spanierin Marga Ferrer das KZ Auschwitz betreten, um mit dem Häftling Rudi Friemel den Bund fürs Leben einzugehen. Ein bewegendes

Buch über Hoffnung und Verzweiflung, über die Niederlagen eines halben Jahrhunderts.

»Hackls Buch schreibt von Stoffwahl und Grundintention her die früheren fort, stellt in ihrer Reihe literarisch aber einen vorläufigen Höhepunkt dar. Stupende Stilsicherheit und eine Schreibdisziplin, die kein überflüssiges Wort passieren läßt, dazu eine Darstellungsmethode, die sich an den Charakter des Materials hält und nicht dem konventionellen Verlangen nach Eingängigkeit nachgibt, werden auf einzigartige Weise der Bedeutung des historischen Hintergrunds gerecht.«
Lothar Baier / Die Wochenzeitung, Zürich

Anprobieren eines Vaters

Geschichten und Erwägungen

Geschichten und Erwägungen von beeindruckender Vielfalt, doch mit einer Absicht: in der genauen Darstellung von Gewalt und Unrecht etwas von jenem Glück zu retten, ohne das die Welt nicht zu verändern wäre.

»Non-fiction und beste Literatur, den Spagat schafft Erich Hackl spielend. *Anprobieren eines Vaters* ist wieder ein beeindruckendes Buch: große Literatur und zugleich literarische Reportage. Eine nachdrückliche Empfehlung.« *Buchkultur, Wien*

Als ob ein Engel

Erzählung nach dem Leben

Mendoza, eine beschauliche argentinische Provinzstadt am Fuße der Anden. Der 8. April 1977 ist der letzte Tag, den Gisela Tenenbaum, 22, mit Sicherheit noch erlebt hat. Ihr weiteres Schicksal ist ungewiß. Erich Hackl hat nach den Erinnerungen ihrer Eltern, Schwestern und Freunde ihr Leben rekonstruiert – bis hin zu der Zukunft, die sie hätte haben können.

»*Als ob ein Engel* ist auf intelligente Weise berührend, ohne rührselig zu sein. Die ›Erzählung nach dem Leben‹ wirft Fragen auf, die den Leser beunruhigen, gerade weil sie sich nicht beantworten lassen.«
Meike Feßmann / Süddeutsche Zeitung, München

»Erich Hackl hat eine großartige transatlantische Familiengeschichte von Verfolgung und Widerstand geschrieben.«
Walter Grünzweig / Der Standard, Wien

Familie Salzmann

Erzählung aus unserer Mitte

»Der mir die Geschichte erzählt hat, in der Hoffnung, daß ich sie mir zu Herzen nehme ...«
Und was für eine Geschichte! Die des deutsch-österreichischen Ehepaares Hugo und Juliana Salzmann, dessen Liebe sich im Widerstand und in der Verbannung kaum erfüllen kann. Die Geschichte ihres Sohnes, und wie er von seiner Tante unter widrigen Umständen am Leben gehalten wird. Die Geschichte seiner Mühe, der toten Mutter nahe zu bleiben, und seines vergeblichen Werbens um die Zuwendung und Geduld seines Vaters. Und die Geschichte des Enkels, der – in unserer Gegenwart – an seinem Arbeitsplatz gemobbt, dem schließlich gekündigt wird, nachdem er diesen einen Satz hat fallenlassen: »Meine Oma ist in einem KZ umgekommen.«
Eine Familiengeschichte also, die quer durch beide deutsche Staaten, durch Österreich, Frankreich, die Schweiz verläuft, über drei Generationen und ein Jahrhundert. Aber auch eine kollektive Geschichte »aus unserer Mitte«, die uns vor Augen führt, was schützens- und liebenswert ist, gerade dann, wenn die Umstände die Menschen zu überfordern scheinen.